대한민국 최고의 주먹 오종철 일대기

저자 오 종 철

잡지사와 인터뷰 중인 저자

독자에게 드리는 글

야인시대의 당대 최고 주먹으로 이름을 날렸던 이정재, 임화수의 사형이 집행되고 암울했던 시기에 주먹이 행하던 당시 혜성처럼 나타난 주먹의 왕. 전국을 주먹 하나로 평정했던 그 이름 오종철.

김두한 시대의 막을 내리고 이제 오종철의 시대로 시작되는 것이다. 오직 주먹 하나만을 갖고 싸움의 기술을 펼친 사람이 누구인가. 권투 선수가 되기 위해 목포에서 단신 상경한 오종철의 주먹의 세계가 시작된다.

사람들은 말한다.

건달이 뭔지 그리고 깡패가 뭔지를 알려고 하지도 또 알고 싶어하지도 않는다. 깡패라는 것은 우리의 순수한 말이 아니다.

깡패의 근원은 미군정 시절에 우리나라에 들어오면서부터 시작되었다. 미국의 깽들에 비유하면서 깡패라는 단어가 탄생 되었다.

미국의 깽이 왜 어떻게 깡패라는 단어로 변성되었을까 하는 의문점은 곧 이해되어간다. 미군정 시절에 미군들은 깽들이라는 단어를 쓰곤 했는데 우리나라 사람들이 영어의 듣기에서 깽이 깡으로 변성되었다고 한다.

또한, 패라는 단어는 패거리들에게서 나온 것으로 패거리란 같

5

이 어울려 다닌다는 뜻으로 이것을 종합해보면 깡패라는 말은 자연적으로 생겨난 것이다.

또한, 건달의 깊은 뜻이 있는데 건달의 건은 마를 건으로 쓰며 달은 통달할 달을 쓴다.

그리고 건달은 무(武)의 무예(武藝)의 기본이며 이것이 진정한 건달이란 뜻이다.

일본의 야쿠자에는 원주는 낭인에서부터 시작되었다.

사무라이는 정부군을 말하고 낭인은 오야봉 즉 보스가 죽거나 사무라이 즉 군 생활에서 탈영하거나 싫었을 때 낭인 쪽으로 온 것이며 또한 사무라이만이 당시에 칼을 차고 다녔다. 이들은 탈영할 때 칼을 갖고 나와 저잣거리 등에서 사람들을 죽이곤 했다. 당시 일본에서는 낭인을 두 종류로 부르는데 낭인 또는 사람 잡는 백정이라고 불렀다.

그 당시는 메이지 유신(明治維新)이라 부르는 시대였으며 당시 천황을 반대하는 성주들에게 천황이 코너에 몰리자 천황은 몰래 낭인들을 모집한다. 그렇게 하여 자객들을 보내서 성주들을 처단한다.

그리고 천황의 힘은 다시 살아나고 천황은 낭인의 우두머리를 불러서 천황은 낭인에게 자기를 지키는 것에 고맙다는 의미로 상을 부여한다. 즉 돈을 원하든가 아니면 권력이나 땅을 말하면 다 주겠다고 하자 낭인의 우두머리는 땅과 권력과 돈은 필요 없다 하며 우두머리는 그동안 낭인으로서 속박된 삶을 벗어버리고자 낭인들의 이름을 천황께 하사해 달라고 한다.

그렇게 해서 이름이 역군. 천황은 온 나라에 방을 붙이는데 낭인들에게 사람 잡는 백정이라는 말을 할 때는 모두 잡아가서 참수하겠다 하고 또한 낭인들은 억울한 일을 당해도 모든 것은 나라에서 도움을 주고 보살 피겠다는 뜻을 선포하게 된다.

그렇게 하여 야쿠자가 탄생하였으며 그 시대가 200년 가까이 유지된다.

우리 조선 시대에서 명성황후의 죽음도 일본에는 한 나라의 국모를 죽이는 일이 전 세계의 눈이 쏠리게 되고 또한 국제적으로 문제가 되니 이토 히로부미가 낭인을 시킨 것으로 그렇게 명성황후는 낭인의 칼에 의해 비참한 죽음을 맞게 된 것이다.

일본은 이렇듯 건달과 야쿠자는 같은 조직이면서도 일본의 야쿠자와 한국의 건달은 다른 점이 많이 있다.

당시 건달의 세계에서는 오직 맨주먹으로 상대와 결투를 해서 결정을 짓는 것으로 누구의 간섭 없이 오직 일대일로 승부를 겨루는 것이다. 나 또한 그렇게 건달 생활을 해 온 것이다. 난 그 당시 건달로 살아가면서 오직 나만의 주먹을 믿고 나에게 결투를 신청하는 사람들과 일대일로 해서 단 한 방에 처리하곤 했었다.

그리고 상대방은 본인이 졌다고 승복하면 곧 인정하게 된다.

이렇듯 우리의 건달 세계에도 하나의 정석이 있다는 것을 알려주고 싶었다.

근대에 들어와서 칼 또는 도끼와 무기로 상대방을 먼저 해하게 하는 것은 지금에 상황인 것이다.

　이런 것이 건달과 깡패의 차이점이라고 본다.

　난 처음부터 건달이 되고픈 마음은 추호도 없었다. 나의 고향인 목포에서 서울까지 오면서 어찌 건달이 되고 싶은 사람이 있었겠는가.

　나는 라디오에서 흘러나오는 동양 권투 타이틀전을 하는 강세철 선수의 경기를 들으면서 나도 권투선수가 되어야겠다는 포부를 안고 서울로 상경한 것이다. 그런 과정속에 어려운 서울 생활은 어린 나에게도 힘들었다.

　친구와 아니면 고향 형들하고의 생활 속에 무교동이라는 낯선 곳에 있다 보니 자연스럽게 건달의 세계로 빠져들게 된 것이다.

　물론 지금 와서 건달 생활을 한 것에 한점 부끄러운 적도 후회해 본 적도 한 번도 없다.

　건달 생활을 하면서 일어났던 일들이며 그 시절에 알고 있었던 동생 선배 그리고 사랑하는 사람들 모두가 나에게는 소중한 기억과 인연이었기에 나는 또한 그 모두를 자랑스럽게 생각한다.

　끝으로 내가 왜 이 글을 썼고, 이렇게 그 당시의 일들을 그냥 추억 속으로 흘려보내지 않고 또한 한편으로는 묻어 버리고 싶은 것도 있었지만 다시 한번 꺼낸 것은 진정한 건달의 세계를 말하고 싶었기 때문이다.

요즘 코로나로 많은 어려운 시기를 살고 있는 현대인들에게 조금이나마 지난 시절의 이야기를 들려주고 싶었다.

책 속에 나오는 인물들은 살아 있는 분들도 있고 또한 벌써 이 세상을 하직한 친구 동생 선배들도 있다.

책을 통해 조금이나마 동생들이나 친구들에게 마음적 또는 아픔을 줬거나 아니면 나에게 도움을 준 사람들에게 고맙고 감사하다는 말을 전하고 싶다.

2020년 오종철

건달의 乾은 마를 건을 쓰며
達은 통달할 달을 쓴다.

진정한 건달은 무엇을 말하는가를 놓고 많은 사람의 의견이 다르다. 이렇듯 우리가 살아가는 세상에는 여러 부류의 사람들이 많이 있다.

정치인, 기업인, 상인, 회사원, 자영업, 언론인 등등 이렇게 사회를 구성하면서 사람들은 살아간다. 그리고 그런 사람들 틈에 이권 다툼이 일어나고 많은 사람은 그 속에서 살아남으려고 안간힘을 쓴다.

우리는 사회 속에 깡패와 건달이라는 두 단어가 공존한다는 것을 알 수가 있다. 오늘 내가 이렇게 장황하게 떠들고 있는 것은 내가 이 책을 통해 알게 될 인물에 대하여 조금이나마 말하고 싶은 것이 있기 때문이다.

오종철 회장님

아니 종철이 형님 그냥 나에게는 형님이라는 단어가 더 친숙할지도 모른다. 사람들이 종철이 형님을 어떻게 보는지 난 모른다.

하지만 내가 아는 종철이 형님은 인자하면서 사람 좋은 이웃집 아저씨 같고 형 같은 느낌이다. 물론 종철이 형님의 고향은 목포이고 내 고향하고도 남다르지가 않아서 오래전부터 알고 있는 형님이시다.

종철이 형님의 지난 과거의 인생사를 보면 매우 굴곡지지만 그래도 반듯하게 살아오신 분이다. 앞서 말했듯이 깡패와 건달 이라는 단어 중에 형님에게 어울리는 것은 건달 쪽에 더 근접이시다.

지난 시절 건달 생활을 하시면서도 항상 지킬 것은 지키시면서 살아오신 분이다. 특히 건달이라는 것을 말할 때는 매우 힘 있게 콕 집어서 말씀을 하신다.

건달의 乾은 마를 건을 쓰며 達은 통달할 달을 쓴다.

항상 생각하시는 뜻이 약한 자를 보호 하는 것이라고 한다.

건달의 세계에서도 지킬 것은 지켜야 한다는 신념이 강하신 분이다.

그래서 그 세계에 있는 후배들이 종철이 형님을 남다른 시선으로 보는 것이 있다. 강하면서도 부드러움이 내포된 오종철 형님은 이 책을 내신다고 하시면서도 많이 고민하신 것으로 알고 있다.

과연 이 책이 발간되었을 때 사회적으로 얼마나 파문을 불러올지 아니면 어떠한 결과가 나올지도 많은 생각을 하셨던 모양이시다.

하지만 내가 아는 형님의 판단이 맞는다면 형님은 이 책이 발간되어 당시의 일들이 많은 사람에게 팩트 있게 전해지면서 나쁘게만 인식되어온 건달의 세계를 알리고 또한 지난 일들에 대한 깊은 우려와 잘못된 것을 바로잡으려고 하는 것으로 생각이 들었다.

끝으로 이 책이 발간되어 형님의 모든 인생사의 종점으로 만드시어 앞으로 남은 멋진 인생의 최고가 되기를 바랍니다.

형님 사랑합니다.

추천의 글
명지대학교 교수 강재호

많은 사람에게 건달이란
무엇인가를 알게 해 주는 책

먼저 이렇게 멋진 분을 알게 되어 감사합니다. 당시의 주먹왕이라고 할 수 있는 이 시대의 최고 보스 오종철 회장님.

이렇게 지나온 그림자 같은 이야기를 읽을 수 있게 만들어 주셔서 감사합니다.

이 책이 나오는 것에 대해 저는 두근거리는 마음으로 기대를 합니다.

지금까지 건달의 세계를 적나라하게 내놓은 도서는 없습니다.

이번 건달이란 도서는 최고의 논픽션으로 되어 있는 책입니다.

그 시대의 이야기를 한 점의 변화도 없이 쓰여 있는 건달이라는 책은 많은 사람에게 건달이란 무엇인가를 알게 해주며 이야기의 멋을 구성해 나갈 것입니다.

제가 알고 있는 오종철 회장님은 전국을 하나의 주먹으로 평정하신 분입니다. 처음 만나 봤을 때의 첫인상은 옆집 아저씨 같은 분이셨습니다.

전국을 제패한 보스라는 분위기는 하나도 없고 포근한 분이셨습니다. 그렇게 많은 이야기를 하면서 점점 오종철 회장님의 말씀에 귀를 대고 열심히 경청하였습니다.

나는 새로운 세계의 전혀 경험해 보지 못한 남자들의 세계를 경험해 보았습니다. 상상의 세계로 말입니다.

이렇게 제가 추천을 하면서 이 책을 많은 사람이 읽었으면 하는 바람입니다.

또한 이 책이 발간되어 영화로 만들어진다면 새로운 남자들의 우정과 의리의 신세계의 문이 열리게 되는 것으로 생각합니다.

추천의 글
영화 촬영감독 정재승

······················
오직 의리 하나만으로 살아가면서
약한 자들을 살펴주며
강한 자들만을 쓰러뜨리는 진정한 건달

독립운동가 김좌진 장군의 아들이며 일제 말기부터 주먹의 힘으로 민족적 의협심이 강했던 인물 김두한!

난 김두한이다.

난 이렇게 외치며 많은 도전자를 나의 주먹으로 쓰러뜨린다.

이것은 실제 있었던 일이 아니고 영화와 방송에서 있었던 드라마 속에서의 나의 역할이다.

난 영화배우 김영인.

이렇듯 드라마와 영화에서 주먹의 인생 역을 하면서 많은 깡패를 내 주먹 아래 무릎을 꿇게 했다.

또한 나는 명동 신상사 역할도 드라마에서 해보았다.

그래서 당시 전국을 제패한 최고의 주먹 오종철 보스를 생각한다.

드라마가 아닌 실제 있었던 팩트! 사나이들의 세계에서 오직 하나의 주먹으로 살아온 사람.

오직 의리 하나만으로 살아가면서 약한 자들을 살펴주며 강한 자들만을 쓰러뜨리는 진정한 건달 오종철 회장.

난 많은 드라마와 영화에서 주로 맡은 역이 건달의 보스 아니면 주먹의 황제 역을 많이 했다.

어쩌면 내 인생에서 맛볼 수 있는 짜릿한 순간이 아니었나 생각해본다. 실제로 나 또한 덩치가 큰 쪽이고 또한 옛날에 한 가닥(?)을 했었다. 물론 연예계로 빠지지 않았다면 말이다.

지금은 웃고 지나가는 이야기이지만.

아무튼 이번에 오종철 회장이 〈건달〉이라는 책을 출판한다고 하니 너무나 반갑고 고맙다는 말뿐이다.

진정한 보스의 세계를 책으로 만나볼 기회를 얻게 되었으니 말이다.

다시 한번 이 기회를 통해 축하드린다고 말하고 싶다.

축하합니다.

추천의 글
영화배우 김영인

차 례

"뿌~~~~~웅"

"뿌~~웅"

뱃고동 소리가 힘차게 울려 퍼지는 가운데 많은 사람이 짐 보따리를 들고 배에서 내린다.

다른 쪽에서는 짐꾼들이 배에서 하역 작업을 하고 있다.

"어이, 그쪽 물건을 저기 보이는 저 마차에 실어"

"네네"

"조심해 중요한 물건들이니까"

"걱정하지 마십시오, 저희가 부둣가에서 한두 번 일 하나요?"

"저렇게 잘난 체하기는 실수라도 하는 날이면 땡전 한 잎도 없어"

"알겠습니다"

조심조심 물건을 내리는 사람들.

부둣가 하역작업의 조장인 〈장〉 씨는 〈오〉 씨에게 말하고는 이내 반대편 하역 작업을 하는 곳으로 간다.

"이봐 오 씨, 이따가 일 끝나고 양조장에서 한잔 어때"

"아냐, 난 오늘 할 일이 있어서 집에 일찍 들어가 봐야 하거든."

"어허, 이 사람 그저 집! 집! 자네한테 술 한 사발 사달란 소리 안 할게"

"집에 할 일이 태산같이 많아서 그거 못하면 여기도 못 나와"

"알았네"

이때 멀리서 이곳을 바라보며 일본인 책임자가 걸어온다.

"오잇 !! 빨리 빨리해. 시간이 없다."

《オット!!早くやって。時間がない。》

이때 일하던 한 사람이 물건을 배에서 내리다 바다에 빠뜨린다.

"어이쿠"

"지금 뭐 하는 거야!!"

조장인 〈장〉 씨가 달려와 일본인에게 싹싹 빈다.

"죄송합니다. 일한 지 얼마 안 되는 사람이라"

《申し訳ないって何でもない人だから。》

"조센징, 빠가야로!"

《ゾセンジング、抜けだして！。》

하면서 그 남자를 발로 걸어찬다.

이 모습을 바라보던 〈오〉 씨와 일행들.

"저런 개자식이 있나! 나라 잃은 것도 서러운데 저런 죽일 놈을."

"그만둬 그러다 자네까지 다쳐"

식식대고 있는 오 씨를 달래는 동료.

"뭐해 구경났어. 빨리빨리 일해"

《何して見えたか早く働いて。》

"네네"

《はいはい。》

"에이, 빨리 나라가 독립돼야 해. 해방 말이야."

"큰일 날 소리 마라. 그러다 잡혀간다고."

일꾼들은 일본인 책임자의 말에 아무 소리도 못 하고 하던 일을 계속하고 있었다.

그런데 말이 씨가 된다고. 물론 이런 일은 씨가 되던, 꽃이 피던, 좋은 일 아니던가.

얼마 후 바로 일본이 패망했다는 소리가 들려온다.

일본의 패망.....

일본군의 패망을 알리는 소리가 라디오에서 흘러나온다.

"짐은 세계의 대세와 제국의 현 상황을 감안하여 비상조치로서 시국을 수습...."

《 ジムは世界の大勢と帝国の現状を考慮して非常措置として時局を修習…。》

일본 천황이 항복한다는 소리가 들려온다....

많은 사람이 거리로 나와서 만세를 부른다.

"만세!!! 만세!!!"

"대한독립 만세!!!"

세상에 태어난 그 날

나는 그렇게 태어났다.

1945년 8월 무더운 여름.

"맴맴~~~매, 맴맴~~~매~~에"

앞마당 고목에 붙어 있던 매미가 힘차게 울부짖는다.

아주머니들이 부엌이며 안방으로 분주히 들락거린다.

마당에선 사내아이가 이들을 무심코 바라보고만 있을 때 방안에서 힘차게 울부짖는 소리가 들려온다.

"으앙!!!!!"

아기의 울음소리가 힘차게 매미 소리와 함께 사방에 울려 퍼진다.

안방에서 아주머니가 웃으면서 나오며 마당에서 걱정을 하는 사내아이를 보며.

"영철아, 얼른 너의 아버지한테 가서 아이가 태어났다고 해라"

영철이는 아주머니를 빤히 바라보며.

"아주머니, 사내아이예요 계집아이예요?"

"에구, 사내 동생이다. 좋겠다, 아, 얼른 가지 않고 뭐하냐!"

영철이는 그 소리에 퍼뜩 정신이 드는지 마당을 가로질러 달리기 시작한다.

둑길, 논, 밭을 가로질러 신나게 달려가는 영철.

멀리서 동네 아이들이 영철을 보며 큰소리로 외친다.

"어디를 그렇게 가냐?"

"아버지한테 가는 거야"

"무슨 일인데, 그러지 말고 이리 와서 놀자"

"안 돼!!"

"왜?"

"내 동생이 지금 태어났어."

"와~~~~~"

아이들도 영철을 따라 함께 달리기 시작한다.

논에서 일하던 사람들은 영철이와 달려가는 아이들을 본다.

"저 녀석들 왜 저렇게 달리는 거야?"

"저 때는 달려야지 튼튼해지는걸 모르나"

"그래도 이런 더운 날에 저렇게 달리노"

한참을 달려가는 아이들과 영철이는 어느새 부둣가에 도착한다.

"아저씨, 아저씨 우리 아버지 어디 있어요?"

"왜 찾아, 바쁜데"

"그게요 그게.."

숨이 차듯 영철이는 헉헉거리고 있다.

멀리서 오수복이 배 위로 올라가는 모습이 영철이 눈에 보였다.

"영철아 저기 너희 아버지가 배에 오른다."

배에 올라가려는 오수복을 영철은 냅다 뛰어가서 붙잡는다.

"아버지!!"

"여긴 왜 왔냐? "

"나왔어요. 나왔어."

"뭐가 나왔어?"

"제 동생이 나왔어요"

"그래?"

"사내 녀석이냐 계집애냐?"

"사내아이요"

옆에서 듣던 동료들은 좋아한다.

"이봐, 오수복이 저녁때 술 한 상 거하게 받아놔 갈 테니까"

"알았소!!!"

그 소리를 뒤로하고 뛰어가는 영철과 오수복.

대문을 박차고 들어온 오수복은 그대로 안방으로 들어간다.

"여보!!!!"

방안에서는 부인 김만덕이 땀을 흘리며 누워 있고 그 옆에는 세상모르게 자는 아기가 보인다.

눈물을 글썽이며 아내를 바라보는 오수복.

"여보, 수고했소"

"수고는요"

"어허 이 녀석 잘생겼는데"

영철이가 들어와 아버지 옆에 앉는다.

"영철아, 네 동생이다. 어떠냐?"

"잘 생겼는데요. 아버지 나도 이제 동생이 생겨서 좋아요. 내 동생은 내가 지킬 거예요"

오수복과 김만덕은 영철을 바라보며 웃는다.

그 뒤로 여동생까지 태어나서 아버지는 매일 같이 부둣가에 나가셔서 늦게야 들어오신다.

물론 사람 사는 곳이 다 똑같겠지만 우리 집은 다른 집보다 좀 궁하지는 않았다.

아버지의 가정에 대한 전형적인 한국 남자로서 묵직하게 지켜주셨고 어머니는 삶에 대하여 항상 애착이 강한 분이셨다.

아버지가 벌어온 돈을 헛되이 쓰신 적이 한 번도 없으셨다.

전쟁 그리고 피난

떠나는 가족들

"꽝~~~~ 꽈광!!!!"

전쟁이 났다.

1950년 6월 새벽에 북한군이 쳐들어오면서 전쟁이 발발한다.

그때 내 나이 6살이었다.

우리는 아버지가 깨우는 소리에 눈을 비비고 일어났다.

"여보 무슨 일이 있어요?"

"쉬~잇!!"

아버지는 작은 소리로 말씀을 하신다.

"전쟁이 났어. 피난을 가야 해. 어서 아이들 챙겨요"

어린 나였지만 아버지가 하시는 말씀을 똑똑히 들을 수 있었다.

"영철아, 절대로 동생들 잊어버리지 않게 잘 돌봐야 한다."

어머니의 다급한 소리에 형하고 나는 정신이 번쩍 들었다.

얼른 방에서 손에 잡히는 대로 보따리에 마구 집어넣고 마당으로 나와 있었다.

전쟁이 뭔지 모르지만 난 속으로 엄청 신나 있었다.

왜냐하면, 목포 바닥에서 살다가 어디론가 다른 곳으로 간다는 생각에 들떠 있었으니까 무서울 게 없었다.

전쟁이 뭔지 몰랐으니까.

이때 방 쪽에서 소리가 들려왔다.

"여보 무슨 소리예요?"

"아무리 생각해도 난 여기에 남아야겠소, 우리 집을 내가 지켜야 .."

"여보, 무슨 소리예요? 아이들은 어쩌라고요, 나는 내 새끼들을 살리려면 여기를 떠나야겠어요. 맘대로 하세요"

"여보~~ 하 이것 참"

아버지는 방에서 나오면서 마당에 있는 우리를 바라보더니 한참만에 어머니를 보고는 그 힘 있는 말투로 말씀하셨다.

"갑시다. 가요, 내가 내 자식새끼들 죽인다 했소. 살려야지 암 살려야지"

하면서 아버지는 큰 짐을 들고는 대문을 나선다.

"뭐하냐. 얼른 따라오지 않고"

형하고 나는 아버지를 따라나섰다.

피난길은 그야말로 아수라장이었다.

많은 사람이 머리에 손에 짐을 들고 길게 늘어선 피난 행렬에 따라나선다.

어디선가 형하고 나를 부르는 소리에 돌아보니 같은 동네 사는 또래 아이가 다른 피난 행로에서 소리를 친 것이다.

"너네는 어디로 가? 우리는 할아버지네 집으로 가는데"

형하고 나는 멍하니 있다가 동시에 어머니를 바라본다.

"고창으로 간다."

형하고 나는 동시에 소리를 질렀다.

"고창에 간다."

"잘 가라"

"그래 우리 다시 만나자, 딱지치기 지난번 내가 이겼다. 그거 안 줬지?"

나는 큰 소리로 그 동네 아이에게 소리를 질렀는데 형이 내 머리에 꿀밤을 놓는다.

"아이~씨, 왜?"

형은 눈짓으로 아버지와 어머니를 보라고 했다.

눈을 들어 두 분을 바라보니 비장한 모습들이었다.

나는 부모님들이 왜 평상시에 안 하시던 모습을 하실까도 생각했지만 여하튼 나에게는 신나는 피난길이었다. 아직 까지는 말이다.

한참을 걸어가면서 다리가 아프기 시작했고 형한테 아프다고 말하려고 했지만 영철이 형은 독하게도 아무 말 없이 걷는 것이었다.

난 피난 가는 사람들을 물끄러미 바라보니 한쪽에서는 부모와 헤어져서 울고 있는 아이가 보이고, 길거리에는 죽어 있는 시신들이 아무렇게 나뒹굴어져 있으며 여기저기서 울부짖는 사람들의 모습이 보였다.

난 어린아이였지만 그제야 이것이 신나는 일이 아니라는 것을 느꼈다.

점점 무서워지고 아무것도 생각나지 않았다.

오직 영철이 형 손을 잡고 있는 손에 힘이 들어가는 것만 느끼고 아버지 어머니한테서 떨어지지 않으려고 바짝 뒤따라갔다.

고창에는 할아버지와 할머니 그리고 큰아버지와 아버지 일가족이 모여 살고 있었으며 또 다른 곳에서 많은 친척이 이곳 고창에 우리처럼 피난을 와 있었다.

우리가 도착할 무렵은 해가 지고 난 후였다.

방안에서는 어르신들이 모여서 나라를 걱정하면서 앞으로 어떻게 될 것인가를 놓고 의견들이 분분했다. 나와 형은 피난길의 피곤이 몰려와서 졸고 있는데 작은 방에 들어가라는 어머니 말을 듣고 들어가 보니 벌써 다른 친척 형제들이 잠을 자고 있었다.

얼마나 피곤했는지 우리도 한쪽 편에서 이내 잠을 청했다.

어두운 방 안 창가에 비치는 하늘을 바라보니 별들이 초롱초롱 보였으며 나는 몇 분도 안 되어서 이내 꿈속으로 빠져들었다.

고창에서의 피난 생활은 어려웠다.

전쟁 통의 사정은 이루 말로 표현할 수가 없을 정도로 비참했다.

그리고 어머니는 친척들로부터 엄청나게 괄시를 당한다.

서로 수군 수군대는 건 고사하고 어느 땐 어머니는 밥도 제대로 드신 적도 없었다.

물론 어려운 전쟁 통이라 이해하지만 어린 나에게는 도저히 참을 수가 없었다.

어느 날 함께 거취 하던 친척 한 분이 어머니께 소리를 지르는 것이었다.

"아니 여기가 무슨 보육원도 아니고 갈 곳이 그렇게 없어서 여기 까지와?"

가뜩이나 먹을 게 없고 농사도 엉망으로 되었는데"

"죄송해요….'

"아이고 죄송하면 다야. 갈 때가 그렇게 없었나?"

그 소리를 듣고 있던 어머니는 무슨 큰 죄를 지은 듯 허리를 굽신거리며 미안해하셨으며 그날 밤 어머니가 소리 없이 우시는 걸 형하고 난 보았다.

그 이후부터 그 친척 아주머니의 자식들을 몰래 때려주고 혼내주면 그 아이는 자기 어머니한테 이르기 일쑤였다. 그때마다 형하고 나는 통쾌한 기분이 들었다.

"야 너 이리 와봐"

"왜?"

"그거 먹는 거 이리 줘봐"

"싫어 우리 엄마가 너희들 보면 주지 말고 아는 척도 하지 말랬어. 거지"

"뭐 거지?"

"그래 거지, 남의 집에 와서 얹혀살면서. 그게 거지 아니면 뭐야"

"이게 거지라고?" 하면서 쥐어 박아주고 때린 것이다.

형하고 나하고는 그렇게 하루하루를 재미없이 보냈다.

어머니는 악착같이 일을 하였다.

동네 논밭에서 일손이 모자라면 어김없이 어머니는 일하러 나가셨으며 품삯을 받으면 식구들 밥값만 빼고는 아무도 모르게 감추셨다.

지금 생각해보니 어머니는 아버지 몰래 땅을 사려고 했던 것이다.

워낙 어려운 살림이고 또한 친정도 시댁도 어려워서 그 당시 땅을 갖는 것이야말로 크나큰 것이라고 어머니는 생각하셨나 보다.

여하튼 어머니는 여장부이셨다.

전쟁은 그렇게 우리 식구를 비롯한 많은 사람을 변하게 했다.

아침 일찍부터 논과 밭에 나가서 일하는 사람들. 얼마 정도의 품삯을 받으면 일거리를 찾아서 모여드는 사람들 그리고 서로를 배려하는 마음들은 없고 서로를 견제하면서 일거리를 찾는 사람들뿐이었다.

전쟁은 그렇게 오랜 시간이 지나 3년이라는 세월을 고창에서 보냈다.

그러던 어느 날.

"끝났어요. 끝났어요"

"뭐가 끝났다는 거야?"

"전쟁이 끝났어요. 휴전이래요"

"휴전?"

"정말 전쟁이 끝난 거 맞아?"

"그럼요 라디오에서 이승만 대통령이 연설하는 걸 들었어요"

"지금 읍내에서는 난리가 났어요. 잔치 분위기라고요"

드디어 지루한 전쟁이 끝났다.

휴전되었으니까 고향으로 돌아가자고 아버지께서 말씀하시면서 할아버지와 할머니 그리고 큰아버지께 인사를 하러 가자고 했다.

우리가 인사를 하는 동안 아무 말씀도 없는 분위기이었다.

"여기 있는 동안 고생들이 많았다."

"아녜요. 덕분에 피난 와서 잘 지내고 가요"

난 속으로 생각했다.

〈잘 지내? 누가? 먹는 것도 자기들만 먹고 우리한테는 구박이나 하고 있었으면서〉

난 그렇게 속으로 생각하면서 인상을 쓰고 있었지만, 어머니와 아버지는 연신 꾸벅거리면서 인사를 하는 것이었다.

내가 뻣뻣하게 있을 때 형은 날 보더니 내 머리를 숙이라고 손으로 머리를 잡고 숙이는 거였다.

난 끝까지 버텼다.

〈여기서 잘 지낸 것도 아니고 구박만 받았는데〉

하는 내 생각에 형은 그래도 형인가보다 내 생각을 바꿔 놓았으니까 현실에 잘 대처하는 형이니까 지금도 생각하면 웃음이 나온다. 그리고 빨리 이곳을 벗어나서 고향으로 가고 싶은 생각이었다.

나의 고향 목포.

난 벌써 9살의 나이가 되었으며 동네에서는 골목대장 노릇도 하고 지냈다.

"대장, 윗동네 영식이 놈이 대장한테 겁쟁이라고 하던데?"

"겁쟁이?"

"그래. 겁쟁이라고 소문이 났어."

"그래? 영식이 이놈 혼 좀 나야겠는데"

"야!! 역시 우리 대장이 최고다"

난 영식이를 찾아갔다. 왜냐하면, 골목대장이란 것이 가만있으면 아이들한테 겁쟁이란 소문이 나게 마련인 것을 알고 있었기에 무조건 찾아가서 두들겨 팼다.

지나가던 동네 어른이 말리면서.

"어이구 저 녀석 이담에 커서 깡패가 될 거야 뭐야. 왜 애를 이 지경으로 만들어놓는 거야"

난 깡패란 소리에 그게 뭐지 하는 표정을 지었다.

물론 형한테 들은 얘기도 있었지만 나보고 깡패가 되라는 그 아저씨 말에 화가 났다.

"아저씨 저는 깡패가 되지 않을 거예요"

"그럼 뭐가 될 건데?"

"난 대통령이 될 거예요"

"대통령? 야 이놈아, 저렇게 애들을 때리면서 대통령이 되겠다고 이런 육시랄 놈"

난 지지 않으려고 식식대고 있었고 나중에 형이 와서 날 끌고 가는 바람에 그 자리에서 벗어날 수가 있었다.

난 그렇게 동네 골목대장 노릇을 하면서 하루하루를 보냈다.

이사 가는 날.

아침부터 분주히 움직이는 아버지 어머니, 형하고 나하고는 매우 신이 나 있었다.

드디어 우리가 유달산 밑으로 이사를 하는 날이었다.

친구들은 우리가 이사한다고 문간 앞에 모여 있었다.

"대장, 진짜 멀리 가는 거야?"

"아냐 유달산 동네로 가는 거야"

"우와 그럼 좋겠다. 거기는 부자들만 사는 동네라고 하던데 놀러 가도 돼?"

"그럼, 그럼"

난 동네 아이들과 이야기를 하는 동안 부모님들께서는 벌써 이삿짐을 다 쌓아놓고 준비를 모두 마쳤다.

"우리 종철이 친구들이구나."

어머니는 동네 아이들에게 말씀하시면서 주머니에서 알사탕을 하나씩 주셨다.

신이 난 아이들은 날 보고 대장, 대장 하면서 이사 가는 길목까지 와주었다.

사탕 때문인지 아니면 내가 대장이라서 그런 건지는 모르지만 그래도 친구들하고 떨어진다고 생각하니까 마음이 찡하면서 눈물이 핑 돌았다.

우리 식구들은 이사하고 나서는 좀 더 가정적으로 윤택해지고 남들 부럽지 않게 살았다.

첫 이사를 와서 죽교동의 동네는 그리 낯설지는 않았다.

동네 아이들도 그리 나쁜 아이들도 없었고 내 또래 아이들만이 간간이 보였으며 골목길에서 노는 아이들은 별로 없었다.

형하고 유달산에 올라서 소리도 쳐보고 마음껏 뛰어놀곤 했었다.

그해 가을쯤 우리 집에 크나큰 일이 생겼다.

그렇게 내 마음속에 든든하시고 항상 인자하신 어머니께서 건강이 나빠지면서 돌아가셨다.

나의 슬픔은 이루 말할 것도 없었고 아버지 그리고 형, 나, 백일 된 여동생.

온 가족은 말 그대로 슬픔에 잠겨 있었다.

그때 어머니 나이 38세 되셨는데 일찍 돌아가셨다.

장례식을 치르면서 친척을 비롯한 많은 사람이 오셨다.

아버지는 오는 손님들을 맞이하면서도 담배만 꾸벅꾸벅 피우시고 아무 말씀도 하지 않으셨다.

어머니는 동네에서도 인정이 많은 사람으로 소문이 나 있었다.

우리 집 마당 한편에는 언제나 불쌍하고 굶는 사람들을 위해 콩나물죽이 항시 큰 솥에서 끓고 있었다.

언젠가 지나가던 걸인이 기웃거리자 어머니께서는 그분을 집으로 모시고 와서 죽을 한 사발을 퍼주셨다. 그 정도로 어머니는 인정이 넘치시는 분이었으니 돌아가셨다는 것 자체가 거짓말처럼 느껴졌다.

어머니가 돌아가시고 아버지는 말씀이 점점 없어지더니 이내 아무 말도 안 하시고 침묵 속에 애꿎은 담배만 뻐금대시고 피어댄다.

어느 날 우연히 아버지를 바라보니 눈물을 흘리시면서 훌쩍거리는 걸 보았는데 난 아버지는 대단한 분이라고 항상 생각하고 나에게는 듬직한 아버지라는 것뿐이었는데 어머니가 돌아가신 걸 보시고 너무나 충격을 받은 것 같다는 생각이 들었다.

"아버지….."

하고 부르려다가 이내 모른 척하고는 방으로 들어갔다.

어머니가 돌아가신 후 몇 개월이 흐른 뒤 아버지께서는 집을 나가셨다.

어머니의 죽음이 아버지께는 많이 힘이 드셨다는 생각뿐 우리 형제들은 아무 말도 못 하고 서로를 바라보고 울었다.

그때 난 13살 형은 17살 그리고 어린 여동생….

난 아버지가 왜 아무 말 없이 집을 나가셔서 안 오는지 조금은 알 것 같았지만 그래도 여전히 궁금했다.

나중에 아버지가 혹시 돌아오시면 물어봐야지 하는 마음으로…

밤만 되면 돌아가신 어머니가 보고 싶었다.

물론 여동생한테는 내가 지켜줄게 하는 마음이지만 그래도 집에 어머니가 있었으면 하는 마음은 굴뚝같았다.

슬픔은 잊자 이제 어머니는 돌아가셨잖아. 이제부터 그냥 사는 거야..

하지만 어린 나에게는 방황이라는 것이 시작된 시기이기도 했다.

나의 형은 그 당시에 어린 나이임에도 불구하고 목포 시내에서 주먹을 날리고 있는 이름께나 알려진 형이다.

난 형의 이름으로 어깨를 들썩거리며 다녔고 어린 나이에 옆에서 누가 아는 체하는 것이 좋았다.

또한 나는 집에 들어오면 어린 여동생을 돌봐줘야 하고 우유를 먹여서 키워야만 했다. 그런데 이상한 것이 여동생은 형만 보면 우는 것이다.

그런데 내가 안아주면 방긋 웃는 것이다. 그 모습을 보던 형은 머쓱해지면서....

"야! 종철아 너 엄마가 다 됐다. 애 좀 봐라. 나만 보면 징징대고 너만 보면 방긋 웃잖아"

"형이 무섭게 생겼으니까 그렇지!"

"뭐야? 그럼 넌 잘생겼냐?"

"나야 신성일처럼 생겼지"

형은 내 말에 배꼽 잡고 웃는다.

하긴 내가 봐도 잘생긴 것 같았다. 남자답고.

신성일이란 영화배우(당대의 최고 영화배우)

목포 극장 앞에 가면 극장 간판에 신성일 얼굴이 그려져 있었으며 난 그 사람을 볼 때마다 잘생긴 아저씨네 하고 생각했다.

그런데 형 앞에서 불쑥 그 사람 이름이 튀어나올 정도니 나도 속으로 놀라면서 웃음이 나오는 걸 참고 있었다.

그러던 어느 날 그렇게 형하고 나하고 여동생하고 지내고 있는데 한참 만에 아버지가 집으로 돌아오셨다.

그것도 혼자가 아닌 어떤 여자하고 말이다.

"들어와라"

"네"

"영철아, 종철아"

"네"

"인사해라 너희 새엄마다"

"......"

"인사 안 해?"

형은 인사를 했다.

"안녕하세요."

"……"

"어머나, 네가 영철이구나. 형이지?"

"네"

"넌 종철이?"

"……"

난 그냥 냅다 밖으로 뛰어나갔다.

"아니 저 녀석이"

"그냥 내버려 둬요 아직 어린애인데요.

난 앞이 안 보이게 뛰었다.

그리고 유달산으로 올라가서 펑펑 울었다.

엄마가 보고 싶어서가 아니라 아버지의 배신이라고 어린 나이에 생각해서였는지도 모른다.

한참을 울고 있을 때 형은 내가 유달산에 있는 걸 알고 올라온 것이다.

그리고 나를 꼭 안아 주었다.

새어머니가 들어오신 것이다.

어머니가 돌아가시고 아버지는 얼마나 혼자서 슬퍼하시고 또한 외로우셨을까 생각도 해보았다. 또 여동생도 그렇고 여하튼 여자가 아니 새어머니가 들어오면서부터 집안이 달라진 것은 사실이다.

"누가 이런 것을 여기다 두고 그래?"

"내가 그랬는데요"

"이런 거 함부로 두면 안 돼. 큰일 나, 그러다 동생이 다치면 어떡해"

내가 밖에서 놀다가 갖고 들어온 막대기와 쇠꼬챙이를 그냥 마루에 두었더니 새어머니가 난리가 난 것이다.

만약 우리 어머니가 살아 계셨다면 이렇게 혼나지도 않았을 거다.

난 많은 생각을 했다.

"저 사람하고는 난 안 맞아"

하지만 형하고는 왜 그렇게 죽이 잘 맞는지. 물론, 형이 새어머니한테 비위를 잘 맞추어서 그랬겠지만, 난 도저히 성격상 그러고 싶지는 않았다.

아무튼, 그 일이 있고 계속 새어머니와 난 말다툼을 하곤 했다.

어느 날 아버지가 그런 나를 불러내더니 말씀을 하시는 것이었다.

"종철아… 불편하냐?"

"네?"

"너희 어머니 말이다"

"어머니요?"

"흠… 그래 새어머니… 너한테 불편하게 대한 것 있냐 말이다."

"아니요"

"그런데 왜 자꾸 부딪치는 거야? 말대답 꼬박 꼬박하고"

"아버지 저는 그냥…"

"되었다… 담부터 조심해"

난 아버지로부터 꾸중을 듣고 마음이 썩 좋지는 않았다.

내가 뭘 잘못 했는데 내가 뭘? 난 속으로 분을 삭이면서 그냥 집에서 뛰쳐나와서 목포 시내로 나갔다.

형이 있는 곳을 찾아갔다.

"웬일이냐?"

"형…. 나 집 나갈 거야"

"뭐?"

"집 나갈 거라고"

"야 인마, 이게 쪼그만 게 다 컸다고 뭐 집을 나간다고?"

"응"

"아버지께 혼났구나. 짜식 그렇게 새어머니한테 잘하고 학교나 열심히 다녀 공부도 잘하고 말이야."

"난 형이 아니라고" 하면서 그냥 밖으로 뛰어나왔다.

목포 부둣가 쪽으로 가서 바다를 한동안 바라보았다.

어린 나이지만 나도 생각하는 인간인데…

난 왜 이렇게 힘들게 살아야 하지? 하는 생각을 하게 된다.

언젠가는 이곳을 떠나야 한다고 생각하게 되었다.

출렁이는 바다를 보면서 나도 저 넓은 바다처럼 목포를 떠나겠다는 생각이 자꾸 더욱 선명하게 느껴졌다.

멀리서 친구 한 명이 내가 항상 여기 오는 걸 알고는 다가왔다.

"뭐해?"

"……"

"벙어리 되었냐?"

"저 바다를 어떻게 생각하냐?"

"바다? 고기도 많고 그래서 바다에 가서 고기 잡고 그걸 우리가 먹지 왜?

"자식 무식하기는 그러니까 넌 안 되는 거야 생각이 짧아"

"야 바다가 바다지 뭐가 다른데"

"저 넓은 바다처럼 나도 넓은 세상을 나가보고 싶다 이런 거 그런 생각 안 해봤냐?"

"나가면 뭐 해 고생인데"

"고생은 젊어서도 하는 거라고 어르신들이 얘기하는 거 몰라?"

"난 고생하기 싫어 아직 어린애잖아"

"어려? 그런 놈이 극장 앞에서 예쁜 여자를 보면 입이 이만큼 찢어지는 놈이"

"에이 그것하고 어린 거 하고 다르지, 종철아, 너 서울 가면 사람들이 코베어 간다는 말 못 들었어?"

"자식 겁쟁이 아냐, 요즘에 누가 코를 베어 가"

"우리 엄마도 그러던데"

"그건 너한테 겁주는 소리야 인마⋯. 난 가고 말 거다"

"어딜?"

"서울"

"코 베어 간다는데?"

"실없는 소리 그만하고, 오늘 권투 시합이 있지?"

"아 참 그렇지 강세철 선수 동양 챔피언 타이틀 전"

"그래 빨리 가자"

전파상 앞에는 벌써 많은 사람이 모여 앉아 있었다,

라디오에서 흘러나오는 권투 선수들의 경기로 우리는 무척 신이 나 있었다.

벌써 시작했나 했지만, 아직 시작은 안 했나 보다.

난 사람들을 헤집고 앞으로 들어가 앉았다.

드디어 동양 챔피언 경기가 시작되었다.

우린 손뼉을 쳐대면서 마음은 벌써 들뜨기 시작했다.

강세철이 누군가...

어린 나이에 우리나라 권투 복싱을 제압하고 세계무대로 눈을 돌리게 만든 철의 주먹 강세철...

난 강세철 경기를 볼 때마다 나도 강세철 선수처럼 유명한 권투 선수가 되어 고향으로 와야지 하는 꿈을 항상 꾸곤 했었다.

내 방 벽지에도 강세철 선수 사진이 붙어 있을 정도니까 우리 어린아이들의 우상이기도 했다.

드디어 종이 울리고 시작된 시합..

아나운서의 목소리는 더욱 흥분되어 들려 나온다.

강세철 선수는 처음부터 상대방 복부를 노리고 계속 연타를 퍼부었다.

나도 흥분해서 강세철과 똑같은 동작을 하자 옆에 있던 다른 사람들이 웃으면서 "이 자식 폼이 완전히 강세철인데"

사람들의 웃음소리와 전파상 앞의 스피커에서 흘러나오는 경기의 소리와 뒤섞여서 시끄러울 정도였다.

1분 56초 만에 KO패로 이긴 강세철은 나의 우상이기도 하지만 온 국민의 사랑을 받는 세계 선수이다.

경기를 보고 나서 옆에 있는 또래 친구들이 나에게 이런 말을 한 것이다.

"야 종철아 너 주먹이 세잖아"

"그래 종철이도 강세철 보다 세지!"

"종철이도 세계 챔피언 할 수 있겠다. 충분히 그렇지"

"서울로 가 서울로 가면 챔피언이 될 수 있잖아"

그러자 옆에 있던 친구가.

"서울 가면 코 베어 간 데"

그 소리에 우리 모두 그 아이를 바라보았다.

"진짜 코 베어 간다니까"

그 아이의 훌쩍거리는 콧물에 정신이 들었지만 난 오늘 또래 친구들과 또 라디오에서 흘러나오는 강세철 선수를 잊지 못했다.

목포극장에 신성일 영화가 새로 들어온 모양이다. 간판을 달고 있는 모습이 보인다.

난 극장 쪽으로 가려는데 또래 친구 한 명이 다가오더니,

"종철아, 오늘 너 얼굴 사진 바뀐 거 걸어 논다"

"자식, 내가 신성일이냐?"

"넌 신성일 보다 잘생겼지!"

"아부 좀 그만해라 우리 형한테 신성일 닮았다고 했다가 깔깔대고 웃는 바람에 기분 잡쳤다"

"아냐 내가 보기엔 넌 신성일이야 의리가 있잖아 신성일이 '짠' 하고 나타나서 악당들 패주고 여자 구해주고 얼마나 멋지냐."

"하긴 신성일이 의리는 있지"

난 영화 속 신성일을 떠올리면서 신성일 말투를 가끔 쓴다.

그때마다 녀석들은 킥킥대고 배꼽을 잡고 웃곤 했다.

그때 한 무리의 녀석들이 목포 극장 쪽으로 왔다.

아무래도 내 소문을 듣고 온 모양이다.

왜냐하면 내 또래 정도의 아이들은 이미 내가 평정을 해 놓았기 때문에 이 목포 극장 주변에는 나를 모르는 애들은 없었다.

저 녀석들 보니 목포극장에서 노는 것들은 아닌 것 같고. 일단 지켜보기로 했다.

"야, 누가 오종철이냐? 쪼그마한 것이 목포극장을 접수했다고? 엄마 젖이나 빨던 놈이"

그때 우리 쪽 아이들은 날 바라보았다. 내 반응을 보려고 그랬는지 얼굴들이 불그락 하곤 했다.

난 이빨에 지지 않으려고 좀 강하게 나갔다.

"내가 오종철인데 어떤 생쥐새끼가 떠드는 거야? 유달산 나뭇가지에 매달리고 싶지 않으면 조용히 사라져라"

"뭐야? 이런 젖비린내 나는 새끼가"

"젖비린내가 얼마나 무서운지 보여줄까?"

그 소리와 동시에 앞에 있던 놈을 발차기로 갈겨 버리자 그대로 코피가 터지고 쓰러졌다.

물론 난 태권도 같은 것은 배운 적이 없었다.

우리 집 뒷산이 유달산이라 매일 그곳을 오르면서 터득한 나만의 무술이었다.

몇 명이 더 나한테 덤볐는지는 모르지만 모두 나의 주먹에 쓰러졌다.

그 일이 있고부터 난 더욱 유명하게(?) 되었다.

어느덧 세월이 흘러 벌써 내 나이 15세 되던 해 난 큰 결심을 하게 되었다. 라디오에서 흘러나왔던 강세철 선수의 권투 시합을 들은 후에 더욱 내 마음이 굳어졌다.

난 서울로 가서 유명한 권투 선수가 되기로 말이다.

그래서 아무도 몰래 목포역으로 가서 서울 가는 기차를 타려고 했는데 그만 형한테 들키고 말았다.

"야!! 오종철, 너 이 새끼 서울 간다고?"

난 무조건 발뺌을 해야 했다. 형한테는 아무리 내가 힘이 세고 무술 같은 실력이 있어도 형한테는 도저히 당해내지 못하니까 말이다.

"서울? 누가 그래?"

"너 거짓말하면 알지?"

"내가 형한테 무슨 거짓말을 해"

"종철아, 서울이 여기서 어디라고 간다고 그래. 내가 너 모를 줄 알아?"

"알았어 알았어. 안 간다고."

"정말 약속했다"

"그게… 서울 가긴 가는데 지금은 아니야…."

"이 자식이, 서울 간다는 말 또 한 번만 내 귀에 들리면 죽을 줄 알아"

"......"

난 그때 형이 왜 그렇게 도끼눈을 뜨고 얘기하는지 몰랐다.

지금 와서 생각해보니 아무도 없는 서울 가서 개고생하느니 목포에 있으면 고생하더라도 먹을 거는 걱정 없겠다는 형의 생각이었다.

그렇게 매일 생활이 반복되고 있었지만, 어딘가 내 몸 구석에는 서울로 올라가야겠다는 생각이 자리 잡고 있었다.

어느 날 저녁을 먹고 방에서 누워 있는데 형은 날 불러내더니 유달산으로 올라가자고 한다.

난 형의 뒤를 쫓아가면서 궁금했다.

형이 평소에 안 하던 짓을 하는 것이었다.

물론 형제끼리 가끔 유달산에 올라서 밤하늘을 바라보며 어머니 생각을 한 적은 있었지만, 오늘은 유난히 형이 아무 말도 없이 올라가는 거였다.

한참을 올라가니 평소에 앉았던 바위가 눈에 들어왔다

우린 서로 말없이 바위에 걸터앉아서 밤하늘을 바라보았다..

"종철아, 하늘이 예쁘다."

"예쁘긴 그냥 그런데…"

"자식 그렇게 낭만이 없어서 어찌 서울 같은데 가려고 그래"

난 내 귀를 의심했다. 형 입에서 서울 얘기가 나오다니. 서울 얘기를 꺼내기만 하면 얻어터지곤 했는데… 왜 그럴까?

"너 서울 가고 싶냐?"

막상 형이 내 앞에서 얘기하니까 난 그저 멍하니 형 얼굴만 바라보았다.

"서울 가고 싶으냐고 인마"

"으응"

"서울에 왜 가고 싶은데?"

"저기… 강세철…."

"강세철? 권투선수?"

"응, 나도 강세철처럼 권투 선수가 될 거야"

"그래? 서울 가면 코 베어 가는데"

"에이 형도 그 말을 믿는 거야? 세상에 코 베어 가는 데가 어디 있어."

"알았다 알았어."

형은 한참을 생각하더니..

"어머니가 널 지켜줄 거다 힘들어도 참아"

"형!!! 진짜 나 서울 가도 돼?"

"응 보내줄게"

난 형의 얼굴을 바라보며 눈이 더 커졌다.

"이거 받아 밥 굶지 말고 열심히 해야 해 강한 자만이 살아남는다."

형이 주머니에서 작은 봉투를 꺼내면서 건네준 건 돈이었다.

"이게 무슨 돈이야? 돈도 없으면서"

"자식 돈 없이 서울을 어떻게 가려고, 걱정하지 마라. 그 돈…."

난 계속 형의 얼굴만 바라보았다.

"너 재봉틀 알지?"

"응 어머니가 쓰시던 거?"

"응, 그거 팔았다."

"그러다가 새어머니하고 아버지한테 혼나려고"

"그게 어디 새어머니 꺼냐 어머니 물건이지"

"그래도"

"돌아가신 어머니도 이해하실 거야"

"형…"

"그러니 꼭 성공해야 해"

"응"

난 눈물이 나오는 걸 참았다.

그런 모습을 안 보이려고 형을 꼭 안았는데 내 눈에서는 눈물이 계속 흘러나오는 거였다.

멀리 밤하늘에서 유성이 내 눈물처럼 한 줌 쏟아진다.

목포역에는 많은 사람이 보따리를 들고 이동한다.

어릴 적 피난 갔을 때 생각이 퍼뜩 든 건 왜일까…

한참을 기다려도 형은 오지 않았다.

형 성격에 나하고 이별 아닌 이별을 하는 게 싫었을 거다. 조금만 더 기다리자 생각하는데 멀리서 누군가 뛰어온다, 자세히 보니 내 친구였다.

헉헉거리며 뛰어오는 모습이 영락없는 코흘리개 그 녀석이었다.

"야 서울 간다고? 얘기라도 해야 할 거 아냐. 이거 가면서 먹어"

하면서 감자 찐 것을 건네주었다.

"고맙다"

"너 코 베어 갈지 모르니 조심하고"

"하~ 이 자식. 초치는 거냐? 코 베어 가는 세상없다고 그렇게 얘기
해 줬는데"

"알았어, 넌 꼭 유명한 권투 선수가 되어 돌아와야 해"

"그래 알았어."

하는데 사촌 동생이 역 안에서 나를 향해 소리친다.

"형 빨리 가요"

꿈을 찾아 서울로 상경

드디어 서울에

목포행 완행열차..

아니 서울로 떠나는 기차.

우린 기차에 몸을 싣고 출발한다.

기적을 울리며 서서히 움직이는 기차.

난 그제야 실감이 난 듯 가슴이 두근거렸다.

서울까지 16시간 걸린다.

기차에는 많은 사람이 출세를 위해 또는 객지로 나가는 사람들로 무척이나 북적였다.

앉은 사람들, 서서 가는 사람들, 누워 가는 사람들 여기저기 아기 울음소리 완전히 무슨 시골 장터 같은 분위기였다.

난 형이 준 돈으로 표를 끊었지만, 사촌 동생은 무임승차라 항상 긴장해야만 했다.

왜냐하면 잘못해서 승무원한테 표 검사에 걸리면 다음 정차 역에서 무조건 내려야 하기 때문이다.

그래서 그놈 때문에 나까지 긴장을 안 할 수가 없었다.

한참을 달리던 기차 칸의 문이 열리면서 장사꾼이 지나간다.

"자~~ 심심풀이 땅콩~~ 삶은 계란이 왔어요. 옥수수가 있어요…."

사람들은 비좁으면서도 불편함이 없는 듯했다.

그리고 기차 안에서 이야기꽃을 피우면서 얘기하고 있었다.

내 옆자리에 앉은 할머니는 나를 바라보고 빙그레 웃으시면서 내 의자 밑에 숨어 있는 사촌 동생을 힐끔 쳐다보더니.

"어디 가는 길인가?"

"서울… 가요"

"서울? 혼자? 저 사람은?"

"사… 사촌 동생인데…"

"표를 안 끊었구먼"

"아 네… 그게…"

할머니는 주머니에서 뭔가 꺼내더니 우리한테 주는 거였다.

그것은 삶은 계란이었다.

"감사합니다. 할머니"

그리고 사이다도 한 병 사주셨다.

할머니와 이런저런 얘기하는 사이 할머니는 몇 개 역을 더 가서 내리셨다

"잘 가게"

"고맙습니다. 할머니"

"응, 저 사람도 들키지 않게 잘 가고"

할머니는 우리의 머쓱해진 얼굴을 바라보면서 할머니가 내린 자리에 사촌 동생을 앉으라고 했다.

나와 사촌 동생은 그렇게 서울로 향하고...

얼마나 지났을까 검표를 하는 승무원이 나타났다.

난 자고 있는 동생을 깨웠다.

"야 일어나 검표다"

사촌 동생은 검표라는 말에 기겁하고는 일어나서 다음 칸으로 갔다.

한참 후에야 검표가 지나가고 동생은 돌아왔다.

돈이 얼마나 중요한지 또 이렇게 사촌 동생이 하는 행동이 처음에는 싫었지만, 서울에 살려면 이렇게 해서라도 아껴야 한다는 걸 알았다.

어느덧 열차는 대전을 향하고 난 창가를 바라보았다.

지난 일들이 주마등처럼 떠올랐다.

어린 시절 피난 갔을 때 고창에서의 일들...

어머니가 돌아가신 일들...

아버지가 새어머니를 데리고 집으로 들어오신 일들..

형하고 유달산에 올라 서울 간다고 얘기했던 일들이 창가에 스쳐 지나간다.

무심코 웃음이 나오면서 바닥을 보니 나의 발에는 검정 고무신 대신 운동화가 신겨 있는 것이 보였다.

난 피식 웃으면서 다시 달리는 창가를 바라보니 기억이 새록 떠오르는 것이다.

운동화...

난 검정 고무신을 신고 서울 가면 촌놈이라고 티나 날 것을 생각하면서 어떻게 하든지 운동화를 구해야 한다고 생각했다.

어린 마음에도 광내고 멋 내고 싶었겠지만 당장 운동화 사달라고 할 형편도 안 되고 해서 고민하고 있는데 동네 친구 녀석이 일요일 날 갈 데가 있다고 한다.

"야 종철아, 일요일 나하고 갈 데가 있는데 갈래?"

"어딜?"

"글쎄, 가보면 알아"

난 기대 반 호기심 반으로 일요일이 다가오기를 기다렸다.

일요일이 되자 녀석은 어김없이 우리 집으로 온 것이다.

녀석은 일요일 날 목포에 있는 작은 예배당으로 나를 끌고 가는 것이었다.

예배당 안으로 들어가려면 먼저 신발을 벗고 들어가야 한다.

난 안으로 들어가려다 문득 바닥 아래를 보니 멋지고 비싼 운동화가 몇 켤레가 있는 것이 내 눈에 보였다.

예배당에 온 아이들, 그러니까 돈 좀 있는 부잣집 아이들이 신고 온 운동화였다.

난 검정 고무신을 벗고 안으로 들어갔다.

녀석은 나를 끌고는 어느 자리로 가서 앉더니 머리를 숙이고 기도를 하는 것이다.

난 난생처음 예배당이란 곳에 와서 뭘 어떻게 해야 하는지 몰라서 그냥 눈만 껌벅거리고 있었더니 녀석은 자기를 따라 하라고 눈짓을 준다.

내가 눈칫밥이 구단인네.

하여튼 녀석이 하란 대로 했다.

"하늘에 계신 아버지…"

난 깜짝 놀랐다.

"하늘에 아버지가 계셔? 집에 계신 분이 아버지인데?"

"쉿, 조용히 해"

난 뭐가 뭔지 몰랐다.

녀석은 계속 눈을 감으며 기도하는 중이다.

그러더니 녀석은 저쪽을 가리키면서 어떤 여자아이를 가리키면서 어떠냐고 한다.

"누구야?"

"내 먼 친척인데 몸이 아파서 목포에 요양 왔어, 쟤네 집 돈이 무진장 많아"

"그래서?"

"너 소개 시켜줄까?"

"나를? 미친놈"

"왜 싫어?"

"싫다기보다는… 그냥…."

"예쁘지?"

"그… 글쎄…."

가만 보니, 예쁘기는 얼굴에 주근깨하고 진짜 못생긴 건 아닌데 좀 마른 편이었다.

녀석은 그 여자아이를 소개시켜 주는 대신에 조건이 있었는데,

목포에서 다른 불량배 애들이 자기를 건드리지 못하게 해달라는 것이었다.

난 속으로 웃음이 나오는 걸 알고 무지 참으면서 고개만 끄덕였다.

난 도저히 거기 있다가는 웃음이 나오는 걸 참지 못할 것 같아서 소변이 마려우니 잠깐 화장실 갔다 온다고 하구서는 밖으로 나왔다.

그리고 예배당 앞에 벗어 놓은 내 검정 고무신을 신으려 하다가 옆에 있는 운동화를 집어 들고 냅다 뛰었다.

운동화 사건은 그렇게 시작되었으며 지금 서울 가는 열차를 타고 가면서 내가 신은 운동화가 예배당 사건의 신발이었던 것이다.

난 그때를 생각하고 창가를 바라보니 벌써 기차는 대전을 지나고 있었다.

사촌 동생은 너무나 긴장을 했던지 코를 골면서 잔다.

기차는 서울역을 향해 힘차게 달린다.

창가를 바라보면서 동네 친구 녀석이 했던 말이 자꾸 머리를 떠나지 않는 것이다.

"서울에는 코 베어 가는 사람들이 많으니까 조심해, 그리고 인신매매도 무지 많아 여자들을 잡아다가 사창가에 팔고 남자들은 넝마 꾼한테 넘긴 데"

난 곰곰이 생각했다, 진짜 코 베어 가고 진짜 넝마 꾼한테 팔려 가는 거 아냐? 하는 생각에 머리가 아플 지경이었다.

일단 그렇게 생각하고는 코를 골면서 자는 동생을 깨웠다.

녀석은 깜짝 놀라면서 표 검사하는 줄 알고 기겁을 하는 것이었다.

난 서울역이 아니라 노량진역에서 내려야겠다고 얘기했다.

녀석은 아직 꿈속인 양 눈을 깜박거리고는 멍하니 내 얼굴만 바라보는 것이다.

세계 챔피언의 꿈

챔피언을 위한 한 걸음

노량진역이라는 안내 방송이 나오고 기차는 서서히 멈춰 서는 것이다.

우린 일단 서둘러 내렸다.

많은 사람이 노량진역에서 내리고 우린 그 사람들에게 밀려나듯이 역을 빠져나왔다.

우리의 목적지인 무교동으로 가려고 말이다.

형이 목포를 떠날 때 적어준 형 친구가 무교동에서 일하고 있기 때문이다.

우리는 역에서 나와서 한동안 멍하니 주변을 바라보았다.

그때 어느 한 사람이 우리의 모습을 보고는 다가왔다.

"어이, 꼬마들 너희 깡 시골에서 올라온 애들이지?"

난 요럴 때 비상하다는 소릴 듣는 편이었다.

"아닙니다. 우린 서울 사람인데요"

"하~ 요놈들 봐라, 어째 서울 사람 말투가 지방 사투리냐?"

하면서 주머니에 손을 빼는데 어? 손이 없다?

무슨 갈고리처럼 생긴 손?

난 그 사람이 다시 부르기 전에 동생하고 눈이 마주치고는 발이 안 보이게 뛰었다

그냥 한 방향으로 얼마나 뛰었는지 목에서 쉰내가 날 정도였다.

역시 친구 녀석이 말해준 대로라고 생각했다.

〈코 베어 가는 것이 서울이라고〉

우리는 한참을 뛰어서 도착한 곳이 한강 근처까지 오게 되었는데.

한강의 풍경은 매우 이상했다.

넝마 꾼들이 들쳐 맨 망태기들이 백사장 쪽에 놓여 있고 사람들이 새까맣게 때가 긴 옷을 벗고서 한강에서 목욕(?)하는 것이 보였다.

한쪽에 있던 넝마 꾼이 우리를 바라보고 있었다.

"절대로 저 사람들하고 눈을 마주치지 마"

"알았어. 형"

"눈을 마주치는 순간 코 베어 간다."

동생 녀석은 내 소리에 자기 코를 만지더니 이내 두 손으로 감싸고 나의 뒤꽁무니만 쫓아 왔다.

한강 다리

6·25 때 무너졌던 한강 다리를 지금 건너고 있었다. 꿈이 아니겠지.

지금도 가끔 그때의 생각에 한강에 나가 한강 다리를 바라보곤 하면서 추억에 잠겨보곤 한다.

동생하고 나는 마치 첩보를 하듯 사방을 둘러보고 한강 다리를

조심스럽게 건너가면서 백사장에 도착했다.

"어이, 너희 이리 와 봐라"

하는 소리에 고개를 돌려보니 한 아주머니가 장사하면서 우리를 바라보면서 부르는 것이었다.

동생은 내 눈치를 보면서 움찔하자 내가 그 아주머니한테 걸어 갔다.

"왜 그러시죠?"

"이것 먹어라"

나와 동생이 물끄러미 아주머니를 바라보는데.

"너희 시골에서 올라온 아이들이구나. 괜찮아 내 아들뻘 돼서, 보아하니 서울은 첨이고 배고플 거 같아서 부른 거다"

아주머니 얼굴을 바라보면서 건네준 찬밥을 게 눈 감추듯이 먹었다.

"천천히 먹어라. 그러다 체하겠다."

아주머니하고 앉아서 많은 얘기를 하면서 서울을 올라오게 된 이유와 동기를 모두 말했다.

어머니 같은 마음을 하고 계신 아주머니라 편했다.

"코를 베어 간다고?"

아주머니는 우리 말을 듣고는 깔깔거리며 웃는다.

"그렇지 코를 베어 가는 세상이지 그만큼 조심하란 얘기다"

"아, 네"

"그런데 어디 가려고 서울에 올라 왔노?"

"무교동에 가려고요"

"무교동이란 곳을 간다고?"

우리들의 얘기를 듣던 아주머니는 친절하게 가르쳐 주었다.

지금 그 아주머니가 살아계신다면 찬밥의 몇친 배를 갚아 드릴 수 있는데...

보고 싶다. 그 아주머니를...

한참을 아주머니가 가르쳐준 길을 따라가는데 지금의 용산역이 나오고 멀리 바라보니 우리를 데려다 주려던 형 친구가 기다리고 있었다.

그 형을 따라가면서 처음으로 전차를 탔는데 열차 한 칸이 움직이는 걸 보고 얼마나 신기했는지 책에서나 보던 전차가 눈앞에 있다는 것이 놀랍기만 했다.

"저게 남대문이다"

"와 남대문이 엄청나게 크네요"

"그러게 말이야 책에서 볼 때는 작은 것 같았는데"

전차에 타고 있던 사람들이 우리의 대화를 듣고는 웃음을 참는 모습들이 보였다.

"너희 시골에서 올라왔구나?"

"네. 목포에서 왔어요"

"목포? 너희들이?"

"네"

신사분은 어린 두 명이 목포에서 올라왔다고 말하는 걸 듣고는 대견하다는 표정을 지었다.

우린 무교동까지 무사히 도착했고, 형님 친구분은 우리를 어느 다방에 데리고 갔다.

"어서 오세요"

"아니 이게 누구야 더 예뻐졌는데?"

"어머, 놀리지 말아요"

"여기 이 애들이야."

한쪽 구석에 앉아 있던 사람이 일어나면서 다가온다.

〈어디서 봤던 형인데…〉

맞다 목포에서 우리 형하고 친구인 쿠크형이었다.

"잘 왔다 종철아."

"안녕하세요"

"그래 목포에는 별일 없지?"

"네"

"차 무엇으로 마실래?"

"그냥… 아무거나….”

"여기 커피 좀 줘"

난생처음 커피를 마셨다.

〈왜 이렇게 쓴 걸 마시는지. 사람들은 다 폼 잡으려고 마시는 걸 거야.〉

"에이 써!!"

웃는 소리가 여기저기 들린다.

〈난 촌놈인가?〉

무교동 입성

여기가 무교동인가

쿠크형을 따라 무교동 거리를 걸었다.

"종철아, 여기가 무교동이다, 종로 무법자 그리고 성공할 수 있는 곳이기도 하지 남자들의 로망이 있는 종로 무교동이다. 저쪽으로 가면 애들이 있을 거다"

"네 형님 감사합니다"

"자식 감사하기는 일러 열심히 해봐 여기를 너의 터로 만들어 보란 말이다"하면서 쿠크형은 사라졌다.

난 형이 가르쳐준 대로 걸어가면서 생각했다.

"그래 이제부터는 나 혼자다. 난 오직 나의 몸으로 부딪치면서 살아야 한다."

형하고 약속했다. 그리고 친구들하고도 유명한 권투 선수가 되어 금의환향하면서 고향에 가기로 꼭 서울 바닥에서 성공할 것이다.

그렇게 생각하고 걸어오는데 멀리서 나를 보고 뛰어오는 녀석이 보였다.

"야 종철아!! 언제 왔냐?"

녀석은 목포에 있을 때 내 밑에 있던 녀석이었다.

"아니 너 언제 왔어? 어쩐지 목포에서 안 보이더니 자식 신수가 훤하다."

"하하하 신수는, 잘 왔어 종철아 저쪽에 애들 많이 있으니까 가자"

그쪽으로 걸어가서 보니 목포 애들이 있었다.

모두 나를 반겨 주었다.

"자자 올라오느라 피곤했으니까 하숙집으로 가자"

녀석들과 함께 골목길을 따라가니 인왕산 밑에 있는 하숙집이 보였다.

번지르르한 하숙집을 기대하지는 않았지만 이건 아니라고 생각한 것은 이게 판잣집도 아니고 쓰러져 가는 허름한 곳이다.

이게 사람 사는 집인가 하는 생각이 들었다.

2평 남짓의 작은 합숙소 같은 느낌이었다.

여기는 조식 석식을 포함하여 하숙비가 20원이었다.

구두 한 켤레를 닦아내면 5원이니까 다섯 켤레를 닦으면 밥은 먹겠구나 생각했다.

여하튼 그날은 하숙집에서 몸을 풀었다.

간만에 누우니까 피곤이 한 아름 다가왔다.

눈을 뜨니 저녁 먹으라는 녀석의 말에 일어나서 저녁을 함께 먹었다.

저녁을 먹고 녀석하고 인왕산으로 올라갔다.

목포 유달산에 오를 때 하고는 완연히 공기가 다르다.

우린 인왕산 중턱에 앉아서 서울의 밤거리를 바라보았다.

"서울 살아보니 좋냐?"

"좋기는 고달프다. 열심히 하지 않으면 여기선 굶어 죽기 딱이지"

"그래, 어디든 열심히 해야지"

"넌 뭘 할 생각인데?"

"글쎄… 아직은…."

"너 강세철 권투선수처럼 된다고 했잖아"

"했지"

"할 거야?"

"모르겠어. 일단은 내일 해 뜨면 그때 생각해보자… 서울 밤하늘 에도 별이 있구나"

우린 밤새도록 얘기하면서 날이 훤해질 때까지 고향 얘기 서울 얘기를 서로 하면서 하숙집으로 내려왔다.

무교동.

무교동은 정치 일 번지와 서울의 문이라고 할 수 있는 곳으로 종 로의 대문이라고 한다.

모든 현대의 문화가 있는 신여성들과 많은 사람이 있는 매우 번 화가 된 곳이다.

다방을 비롯한 멋쟁이들이 몰려있는 곳으로 양복점 양장점 유흥 음식점 등이 있는 최고의 서울 풍경이다.

이런 곳에서 나의 꿈은 이루어질 것이라는 기대와 걱정이 몰려 왔다.

난 처음부터 슈산보이가 아니었다.

동네 애들 소개로 인하여 무교동에서의 첫 직업이라고 할 수 있는 일은 신문팔이였다.

그것도 길에서 소리쳐 부른다.

"석간신문이 왔습니다. 동아일보요 ~~"

"어이 여기 하나 줘봐"

"네~~"

"여기도"

서울에 올라온 지 얼마 안 되는 녀석이 겁도 없이 신문 판다는 생각으로 무교동을 지나 멀리 까지 와서 길을 잃어버리곤 했다.

열심히 일하는 것만이 성공하는 길이라는 걸 깨닫고는 더욱 열심히 일했다.

"야 신문!! 이리와봐"

"네"

"그 신문 여기서 팔면 안 되는 거 몰라?"

"네?"

"이 자식아 여기 구역은 우리만 하는 거야 어디서 굴러먹다 온 놈인지는 몰라도 한참을 모르는 놈이네"

"살살해줘라"

"촌놈인 거 같은데"

하면서 신문을 빼앗고는 발로 나를 차버리는 것이었다.

속에서는 열불이 났지만 그래도 참았다.

어머니와 형 생각이 머리끝까지 올라왔기 때문이다.

멍하니 집에서 누워서 생각해본다.

신문을 팔아서는 도저히 하숙비도 안 나오고 당장 그만둘 수도 없는 입장이고 여러 가지로 복잡하게 생각을 하고 있을 때 친구 한 녀석이 들어오더니 나한테 구두 닦기나 하지 않을래 하는 거였다.

다음날 친구 녀석을 따라 무교동에서 구두 닦기를 시작하게 되었다.

"아저씨 구두 닦아 드릴게요"

"일없다"

"구두 닦아 드릴게요"

"안 닦는다"

그냥 지나가는 아저씨들이었다.

나는 친구 녀석이 하는 걸 유심히 바라보았다.

그래도 목포에서 구두 닦기도 좀 해보았던 난데,

친구 녀석은 보란 듯이 구두 몇 켤레를 맡아서 멋지게 닦는 거였다.

나도 어느 신사분의 구두를 한 켤레를 닦게 되었는데 참 우습게 된 사건이 벌어졌다.

구두를 나름대로 열심히 닦아서 신사분에게 드렸더니 화를 내는 것이었다.

"야 인마, 이게 닦은 거냐? 한쪽은 시커멓고 한쪽은 그대로고 이게 뭐야?"

"……"

"이 자식 초보 아냐? 에이 괜히 시간만 낭비했네"

"저기 구두 닦은 값은요?"

"이런 개자식이 있나 이게 구두 닦은 거냐? 망쳐 놓은 거지 재수가 없으려니까"

그냥 돌아가는 신사분이다. 나는 그 자리에서 멍하니 있자 친구 녀석이 다가온다.

"야 구두를 그렇게 닦는 게 어디 있냐. 내가 가르쳐 줄게"

하면서 닦는 걸 보여 주는데 진짜 광을 삐가 번쩍 나게 만들었다. 물론 그 이후에는 무교동에서 내가 닦는 구두가 최고가 되었다.

이럴 즈음에 어디든지 그 당시에는 대장들이 있기 마련이다.

내가 최고의 구두 닦는 솜씨로 돈을 벌자 소문이 퍼지기 시작해 왕초 귀에까지 들어갔다. 왕초의 이름은 부자라고 부른다.

"야! 네가 그렇게 일 잘한다면서? 내 밑으로 들어와"

"네?"

"이 자식이 귀가 먹었나. 내 밑에 들어오란 말이다"

"싫은데요"

"뭐?"

왕초는 나를 자기 밑에 두고 앵벌이를 시키려고 했던 거였다.

내가 단호히 거절하자 놀란 모양이다.

옆에 있던 똘마니들도 왕초의 말에 거절하는 내 모습을 보고는 놀란 건지 모두 눈이 휘둥그레져 있었다. 내가 막 싫다고 말하는 순간 내 머리에 뭔가 박히는 소리가 들렸다.

그리고 내 얼굴 위로 뭔가 흐르는 것을 느낀다.

부자는 내가 싫다고 말이 끝나기 무섭게 갖고 있던 숟가락(수저)으로 내 머리를 찍은 거다. 놋쇠로 만든 아주 단단한 숟가락으로 앞모양이 닳아서 뾰족한 모양이다. 그것으로 찍었으니 온통 얼굴과 머리가 피투성이였다.

"이 자식이 내 말을 청계천 개똥을 아는 거야? 이 새끼야!!"

난 머리에 꽂혀 있는 숟가락을 손으로 뽑았다. 그리고 왕초를 노려보고 있었다.

왕초는 내 행동에 놀라는 표정이었다. 다른 놈들은 무슨 구경 난 듯 의아하게 쳐다보고만 있을 뿐이다. 왕초는 그동안 이렇게 많은 놈을 잡았을 거다. 그리고 모두 자기 밑에 똘마니로 만들었을 거라고 생각했다.

친구 녀석도 멍하니 있더니 급하게 밖으로 뛰어나가서는 된장한 덩이를 갖고 오는 것이다. 그리고는 내 빵구 난 머리에 그대로 처발라 버렸다.

어디서 배운 것인지는 몰라도. 물론 친구 녀석은 된장이 소독약으로 대체 할 수 있다고 귀동냥으로 들었을 것이다.

난 왕초를 노려보면서 말했다.

"난 밑에 안 들어간다."

"……"

"안 들어간다고!!!"

"그… 그래."

그리고 난 그 자리에서 나왔다.

그 길로 집 뒤쪽 산에 올라갔다.

"아버지 어머니…."

난 하늘을 바라보면서 외쳤다.

"난 똘마니처럼 되려고 서울 온 게 아니다 난 성공할 거다 권투 선수로"

고래고래 소리 치르니 한결 마음이 안정되었다.

산에 올라온 사람들은 나를 보면서 별 미친놈이 있나 하는 표정 들이었다.

난 그들을 무시하고 소리를 계속 질렀다.

"세계 챔피언 오종철!!! 세계 권투 챔피언 오종철"

그때 지나가던 사람이 나한테 다가오더니

"세계 챔피언 권투 선수예요?"

난 그 사람이 말하는 말에 넋 놓고 있었다.

"권투 선수인가 봐"

"그러게 시합하다가 머리도 다쳤나 봐"

"응 그런데 이게 무슨 냄새지?"

"된장 냄새 아냐?"

사람들은 나를 보고 수군거린다.

"사실은 세계 챔피언이 꿈입니다"

"아~ 그래요. 그 꿈을 꼭 찾기 바랍니다."

사람들은 그제야 가던 산길을 오르고 난 그 사람들이 얘기해준 꿈을 찾을 거라는 맹세 아닌 맹세를 하고는 산을 내려왔다.

하숙집에 도착해보니 친구 녀석이 날 반긴다.

"어디 갔었어? 머리 빵꾸 난 채로"

"야 누가 그렇게 만들었냐?"

형 친구들은 친구 녀석의 말에 하숙집으로 몰려온 모양이다.

"부자?"

"부자 그 새끼가 죽고 싶어 안달이 난 모양인데"

"야 종철아 넌 가만히 있어라. 형들이 알아서 해줄 테니까"

그렇게 형들이 나가고 친구 녀석이 빵구난 내 머리에 또 된장을 바르려고 하는 걸 보고 기겁을 하고 있을 때 왕초가 하숙집을 찾아왔다.

"미안하다. 사과하마….."

"네?"

"너 내 밑으로 안 들어와도 돼… 그리고 네 마음대로 하고 싶은 곳에서 구두 닦아도 되니까… 그리고… 야! 이리 가지고 와!"

왕초가 눈짓하니까 옆에 있던 똘마니가 무언가를 건넨다.

그리고는 왕초는 돌아갔다.

왕초가 준 것을 보니 약이었다.

머리에 바르는 연고 같은...

왕초하고의 일이 있고부터 무교동에 나가면 다른 놈들은 모두 날 부러운 눈으로 바라보는 것이 느껴졌고, 나를 피하는 눈치들이었다.

난 열심히 돈을 벌기 위해 구두를 닦았다.

권투 선수가 되기 위해.

권투 구락부

권투 구락부에 들어가다

그리고 드디어 무교동 근처의 작은 복싱체육관에 들어갔다.

"어떻게 왔냐?

문을 열고 들어서니까 누군가 나에게 물어 보는 거였다,

나중에 알고 보니 체육관 부관장님이셨다.

"저… 여기서 복싱을 배우려고요"

"그래? 복싱은 해봤냐?"

"아뇨"

"처음이구나"

"네… 하지만 싸움은 잘해요"

"싸움?"

날 아래위로 한참을 바라보는 부관장님.

"여긴 싸움 같은 거는 안 된다. 오직 정신 수양이다"

"네네 저도 그렇게 생각합니다. 세계 챔피언이 꿈 인걸요"

부관장은 날 바라보더니 웃고는 사무실로 데리고 갔다. 그리고

다음 날부터 나오라고 했다.

난 복싱 체육관을 나오면서 하늘을 바라보았다.

"어머니, 꼭 세계 챔피언이 되어서 고향에 내려갈게요"

그로부터 3년이 흘러 난 단성사 근처 다방 자리 옆에 텃세를 주고는 구두 터를 하나 사게 되었다. 열심히 이제부터 시작이라고 하면서, 그리고 내 밑으로 똘마니 하나를 두었다.

그 자식은 고향 후배 녀석이라 나는 정이 그리워서 녀석을 내 밑으로 오라고 한 것이었다.

"너도 열심히 여기서 돈 벌어서 고향에 내려가 부모님께 효도해야 할 거 아냐"

"형님 감사합니다"

"야야, 그런 소리 하지 마, 고향 선배가 되어서 이렇게라도 도와줘야지" 난 무슨 큰 도움을 준 것인 양 멋있게(?) 말해 주었다.

객지에서는 고향 선배 후배가 서로 도움을 준다는 게 그렇게 고마울 수가 없으니까, 나도 처음 서울 올라올 때 얼마나 고생했고 떨렸던가. 꼭 내 심정이었으리라 생각하고 후배를 챙겨 줬다.

그렇게 그 자리에서 구두 닦기는 잘 되고 있었다. 그런데 어느 날 일이 터지고 말았다.

구두 닦기 터에 나가보니 생판 모르는 녀석들이 앉아서 구두를 닦고 있는 게 보였다.

"당신들 누구야?"

"우리?"

"보면 몰라? 구두 닦는 거"

"아니 여기서 왜 구두를 닦느냐 이거야"

"여기서? 여기는 우리가 돈 주고 산 구두 터다"

난 그 소리에 뭔가 잘못된 거로 생각했다.

"무슨 소리 하는 거야? 여기는 내가 돈을 주고 산 곳인데 안 꺼져"

"뭐야? 우리가 돈 주고 정당하게 샀는데 무슨 소리 하는 거야"

"그 꼬마한테 산 거리고"

난 그 소리에 멍하니 서 있었다, 정신이 드니 친구 녀석이 와서 자초지종을 얘기하는데, 그 꼬마 녀석이란 내가 고향 후배라고 챙겨주었던 녀석이 나 모르게 구두 터를 팔아 버린 것이었다.

그 소리에 머리에 피가 솟구치고 당장 그 꼬마 녀석을 찾으러 가야 했다.

분명히 무교동 어디 있을 거라는 예감을 믿고...

고생고생해서 모은 돈으로 그 구두 터를 샀는데.

열심히 벌어서 세계 챔피언의 꿈을 키우려고.

그런데 그 녀석이 내 꿈을 팔아버렸다.

도저히 용서할 수가 없었다.

한참을 찾아 헤매는데 녀석은 어떤 무리와 같이 있었다.

그 녀석은 날 보더니, 얼굴이 하얗게 변해 있었다.

난 아무 소리도 하지 않고 그 녀석을 끌고 나왔다.

"어이 시팔, 누군데 애를 끌고 가는가…"

말이 끝나기 무섭게 한 녀석의 얼굴을 주먹으로 강타했다.

나가 고꾸라지는 녀석을 보고 놈들은 아무도 달려들지 않았다.

그냥 째려보기만 하고는 자기들끼리 뭐라고 하고는 모른 척한다.

난 한참 끌고 가서 후배 녀석을 팼다.

"살려주세요… 살려…."

"너 그 돈이… 어떤 돈인 줄 알아?"

"살려주… 세… 요"

"내가 피땀을 흘려서 번 돈이야 이 자식아, 고향 후배라고 챙겨
줬더니 날 배신해?"

"살려주세요… 형… 님"

"형님? 난 너 같은 동생 둔 적이 없어!!"

죽도록 팼다. 이 세계에서 배신 같은 걸 하면 어떻게 되는지 가
르쳐 준 셈이다.

왜냐하면 또다시 놈이 이런 일을 하게 되면 그때는 다른 놈들 같
으면 죽음 그 자체였기 때문이다.

난 놈에게 돈을 받아서 그 구두 터를 다시 샀다.

며칠이 지나고 아침에 일어나서 무교동에 나가니 사람들이 이상
하다. 무교동 어느 전파상 앞에 흑백텔레비전에서 나오는 소리에
많은 사람이 모여 있었다.

"국민 여러분 안심하십시오…. 국가 재건 최고 회의에서 알려드
리는 말씀입니다…."

난 뭔 일이 났나? 무슨 일이 일어난 건가? 전쟁이 났나? 별생각
을 하고 있을 때 친구 녀석도 나를 발견 하고는 내 곁으로 왔다.

"야, 너 들었어?"

"뭘?"

"쿠데타가 났데"

"쿠데타?"

"쉿, 야 그렇게 큰 소리로 말하면 어떡하냐 잡혀갈지도 몰라"

군사 쿠데타 5·16 쿠데타가 일어나다

아~ 혁명이여

군사 쿠데타 5·16 쿠데타가 일어난 것이다.

사람들은 모두 수군거리고 이거 잘 된 거야 아니면 잘못된 거야 서로의 자기 판단하에 생각들을 하고 있었다.

텔레비전에서는 계속해서 나오는 말들이 5·16 쿠데타는 국민의 지지를 받고 국가재건최고회의라는 혁명적 기구를 통해서 깡패소탕 작전도 포함된다는 얘기다.

깡패들은 벌벌 떨겠지만, 시민들은 손뼉을 칠 것이다.

그렇게 군사정권은 시작되었다.

약 5일 정도 지났을 때 정치 깡패의 우두머리라고 할 수 있는 두목 이정재를 비롯하여 200명 정도의 깡패들이 군인들에 의해 서울 중심가를 행진했다.

깡패의 소탕 작전이 성공한 것이다.

"나는 깡패입니다. 국민들을 괴롭히고 수많은 재산을 빼앗은 깡패입니다"

"저희는 깡패입니다, 이제부터 깡패 생활을 접겠습니다. 바른 생활을 하겠습니다"

"국가를 위해 헌신하고 국가를 위해 열심히 살겠습니다"

"저희에게 돌을 던져도 좋습니다"

"저희는 깡패입니다. 다시는 깡패짓을 안 하겠습니다"

시민들은 손뼉을 친다.

깡패들에게?

아니다 5·16 쿠데타 혁명군에게 손뼉을 쳐 주는 것이다.

이정재를 비롯하여 자유당 거물 깡패들의 모습도 보였다.

사형을 받은 임화수, 이정재, 관영주 그리고 유지광은 무기징역을 받는다.

난 이들을 똑똑히 보았다. 무교동에서 내 구두닦이 터 바로 앞에서 대한민국 최고의 깡패 두목인 이정재의 비참하고 초라한 모습을 보았다.

"저 사람이 이정재야?"

"저 사람이 두목이래. 최고의 깡패라는데?"

"최고의 깡패면 뭐해, 저렇게 개차반으로 되었는데 아주 잘되었지"

"그래그래, 저런 놈들 때문에 무서워서 벌벌 떨면서 사는 사람들은 이제 통쾌하겠어."

"천벌을 받은 거야"

난 그런 소리를 하는 사람들의 말을 들으며 내 마음속으로 이렇게 다짐했다.

"나는 절대로 저렇게 안 되리라… 난 깡패보다는 세계 챔피언을 하겠다."

난 그렇게 몇 번을 다짐하고 그들이 멀리 사라지는 모습을 끝까지 바라보았다.

그 일이 있고 나서 무교동의 달라진 풍경은 깡패들이 사라졌다는 것이다. 물론 아주 사라진 것은 아니고 음지로 숨어 들었던 거였다. 그렇게 깡패들 소탕 작전은 80년 신군부가 들어설 때까지 계속되었다.

그들은 일단 시민들에게 최고의 정부라고 자칭하게 되는 것은 깡패 없는 세상을 만들어 주는 공약이 있었기 때문이다.

그 후 80년대 전두환 정권에 삼청 교육대도 그렇게 탄생 되었으니까.

난 서울 입성 4년이 되었을 때 새로운 직업을 갖게 되었다.

그곳은 구두 닦기보다는 백배 천배 깨끗하고 좋은 곳이었다.

바로 요정이었다.

그동안 내 구두 터에서 많은 사람이 구두를 닦았는데 〈미성〉이라는 요정을 드나들던 손님들뿐 아니라. 요정 식구들 그리고 미성 사장님도 나에게 구두를 닦았다.

"너 열심히 사는구나!"

"서울에서 열심히 안 살면 굶어 죽거든요"

"그렇지, 서울이란 곳이 눈코 베어 가는 세상인데"

난 그 소리에 멍하니 그 여자를 바라보았다.

"왜? 내 얼굴에 뭐가 묻었니?"

"아… 아뇨, 그 말씀을 제가 살던 곳에서 나에게 해주었던 사람이 있었는데 갑자기 생각나서요. 죄송합니다"

"호호호 너 참, 귀엽다 시간 되면 날 찾아와"

그분은 바로 미성 요정의 사장님이셨다.

난 그 후에 미성이라는 곳에 들어가게 되었으며 여사장님은 그동안 날 눈여겨보았다고 말씀해주셨다. 그러니까 요즘 말로 날 스카우트한 것이다.

처음에는 무척이나 낯설었다. 요정이란 곳이 이렇게 좋을 줄이야 깨끗하고 매너 있고 아무튼 나의 요정 생활이 시작된 것이다.

"얘, 저 쪽방으로 손님을 잘 모셔라"

"네. 네. 네, 손님 이쪽으로 오시죠"

"여긴 다른 곳 보다 아주 서비스가 좋다고 들었는데"

"그럼요, 다른 요정보다는 저희 미성이 아마 대한민국 최고의 요정인걸요"

"그래? 녀석 입에 침이나 바르고 말해라"

"정말예요, 제가 서비스로 손님 구두를 삐가번쩍 하게 닦아 드릴게요"

"그래. 알았어. 고맙다"

난 그렇게 알아서 눈치코치로 열심히 일했다.

그렇게 1년이 후딱 지나고 어느 날 사장님께서 날 부르셨다.

"오군, 고맙네. 내가 잘 보았어."

"네?"

"처음 널 사람들이 얘기할 때는 긴가 민가 했거든. 구두닦기 애들이 다 그렇지 하는 생각에 별로 기대를 안 했는데 그동안 널 유심히 관찰했단다. 그런데 소문대로 열심히 사는 모습을 보니 내 생

각이 짧았던 걸 느꼈던 거야. 널 우리 집에 데리고 올 때도 내 생각
은 반반이었지. 그런데 1년이 지난 지금 널 보니 내 생각이 짧았던
걸 느꼈다. 사람은 겉모습만을 보는 게 아니라고"

"감사합니다. 사장님 저 같은 걸 거둬 주시고 이렇게 좋은 말씀
을 해주시니 고맙습니다"

"고맙긴 내가 더 고맙지, 그리고 말이야 오 군을 수원 요정으로
보내려고 하는데"

"네? 수원 요정요?"

"응, 오 군이 착실하니까 그쪽에서 오 군을 보내 달라고 스카우
트 제의가 들어왔어."

"사장님"

"나도 오 군과 떨어지기 싫은데 돈도 많이 주고 대우도 좋을 거야"

"사장님….."

난 사장님의 말씀에 펑펑 울었다. 사장님도 정이 들었는지 많이
우셨다. 내가 미성을 떠나던 날 미성 식구들도 배웅 아닌 배웅을 해
주었다.

"종철아, 수원 가서 잘해야 해"

"넌 잘할 거야"

"돈 많이 벌어서 세계 챔피언이 되어야지"

난 인사를 하고는 수원으로 내려갔다.

달리는 기차.

기차가 달리면서 밖의 풍경을 바꿔 놓는다,.

멀리서 소달구지를 끌고 가는 모습들.

그 모습에 고향 생각이 창가에 비친다.

목포에서 어머니 재봉틀 판 돈으로 완행열차를 타고 무교동에 입성하고.. 신문팔이 구두닦기 등 닥치는 대로 일한 것들...

그리고 왕초에게 가서 머리가 빵구 날 정도로 숟가락에 찍혔던 일들... 그 모든 것이 창가에 스치고 지나갔다.

과연 내가 수원에서도 잘 할 수 있을까 하는 생각에 고단했던지 스르르 잠이 들었다.

수원 요정은 서울 무교동 미성보다는 작은 곳이었다.

"야! 손님이 왔으면 잘 챙겨야 할 거 아냐?"

"네네, 이쪽으로 오십시오"

"넌 처음 보는 놈인데 언제 왔냐?"

"온 지는 얼마 안 되었습니다"

"자식, 내가 누군 줄 알아?"

"모르겠는데요"

"이 자식 건방지게"

그리고는 한 대의 뺨을 때리는 손님.

물론 손님은 술에 취해 있었지만..

난 참았다, 서울 사장님이 수원에 소개해 보냈던 것을 잊지 않았기 때문이다.

"야 째려보면 어쩔 거야! 사장 나오라고 해"

사장이 급하게 뛰어나와서 수습을 하고는 날 불렀다.

"너 손님한테 왜 그렇게 대하는 거냐?"

"날 때리잖아요"

"그래도 손님인데"

요정 식구들이 수군대는 소리가 들렸다.

"저 아이가 서울에서 구두 닦던 애라면서"

"어쩐지 저런 행동들이 개차반이더라"

"배운 게 도적질이듯 그 버릇 남 주냐. 여긴 요정이야 손님이 왕이잖아"

"그래 죽으라면 죽는시늉까지 해야지"

"어디서 개뼈다귀가 들어와서"

"서울 요정 사장님이 소개했다지 뭐야"

난 그런 소리에 입술을 깨물고 참고 있었다.

그렇게 수원의 요정 생활은 매우 불편한 동거가 시작되었다.

그리고 더 이상 수원 생활은 낯설고 불편하고 내가 있을 곳이 아니란 걸 알고 그곳을 나와 다시 서울로 돌아왔다.

무교동이 나의 고향이라고 된 듯 편했다.

무교동은 5·16 쿠데타 이후 깡패들과 주먹들이 모두 사라졌다.

진짜 너무 평온했다. 무교동에서 날고 긴다는 깡패들의 세계가 사라진 것이다.

두목들은 끌려가서 사형이나 아니면 사회악이라고 해서 전국에 보내졌다. 인건비 없는 노동을 시킨 것이다.

제주도의 5·16 도로도 그 당시에 끌려온 건달들 깡패들이 만든 도로다.

무자비하게 끌고 가서 일을 시켰다. 물론 인건비는 없었다.

이렇게 깡패 두목 즉, 호랑이들이 사라지고 난 후에 나타난 현상들은 토끼가 왕이었다.

그런데 그 무교동의 토끼가 바로 장해운이라는 사람이다.

나하고는 인연이 깊었다.

하숙집에서 만났으니까 나보다 3년 정도 일찍 상경해서 깡패들의 생활을 뒤에서 보면서 살아온 사람이다. 장해운은 190센티의 큰 키의 거구이며 복싱으로 단련된 몸을 하고 있었다. 나보다는 나이도 3살 많았으며 서로 말을 놓지는 않았다.

그렇게 장해운을 만나면서 나는 구두 터를 버리고 친구들과 어울리게 되었다.

그 당시에 같이 다니던 이장학, 고릴라(이성철), 곰(이석범), 짱구(이계영), 나발대(박종일) 이렇게 다녔다. 무서울 게 없을 때이니까.

장해운은 대장으로서 무교동을 장악했다.

많은 똘마니가 그의 밑으로 들어왔다.

이렇게 호랑이가 없는 세상에 토끼가 대장인 이곳에 과연 누가 장해운의 말에 토를 달 것이며 그의 행동을 막을 수 있단 말인가.

난 그의 행동이 싫어졌다.

장해운을 따라다니면서 약한 사람들에게 돈을 뜯는 걸 보며 실망이 컸다.

당시 무교동에서는 리어카와 앉아서 보따리로 과일들을 파는 사람들이 있었다.

"야, 누가 여기서 이런걸. 팔라고 했어?"

"죄송합니다, 먹고 살려고 그러니 한 번만 봐주세요."

"이런 씨팔 누군 봐주기 싫어서 그래? 여기서 장사하려면 돈을 내야 할 거 아냐?"

"네네, 여기 있습니다"

"이게 뭐야? 장난하는 거야?"

"아직 장사가 안돼서요"

"뭐야 이 새끼가 내일부터 여기서 장사하면 죽여버릴 거야"

그러자 뒤에 있는 똘마니들이 장사하는 사람의 물건을 빼앗든가 아니면 엎어 버리기 일쑤였다.

그런 장해운의 행동을 보면서 나는 그의 비리와 횡포를 못 본 척했다.

난 오직 맞짱을 즐기는 싸움꾼으로 변해 가고 있었다.

그런 싸움꾼의 모습을 사람들은 의아하게 본 모양이었다.

내가 싸움을 하는 걸 보던 술집 사람들의 입에 나의 이름이 오르게 되었고 나에 대한 싸움 실력이 알려지게 되었다.

난 그동안 잊고 지냈던 세계 챔피언의 꿈을 안고 서울에 상경했던 일들을 떠 올리면서 권투 구락부에 나가게 된다.

하지만 가난했던 시절 먹고 살기 바쁘다 보니 빠지는 게 다반사였지만, 그래도 열심히 다녔다. 한국 체육관 관장님이신 김기수 관장님(세계 챔피언)이 나를 유심히 보고 있었다는 걸 느끼지 못했다.

"열심히 하는구나!"

"네"

"최고의 선수가 되려면 열심히 운동 하지 않으면 안 된다"

"알겠습니다. 관장님"

"너 요즘 자주 빠지는 거 같은데.. 무슨 일 있냐?"

"아뇨… 일하다 보니…"

"알았다 빠지지 말고 열심히 해"

관장님은 나에게 뭔가를 주면서 찾아가 보라고 했다.

"참 너 말이야 내일 00을 찾아가 봐라. 내가 얘기해 놓을 테니까"

"알겠습니다"

난 관장님께 고맙다고 인사를 하고는 줄넘기를 계속했다.

저녁때 하숙집으로 돌아온 나는 관장님이 적어준 주소와 약도를 바라보면서 한참을 생각했다.

"이게 뭐지? 왜 나한테 여길 찾아가 보라는 걸까?"

난 쪽지를 책상에 놓고 누워서 눈을 감았다.

조금 있으니까 똘마니 한 명이 찾아왔다.

"형님, 계세요?"

"누구야?"

"해운이 형이 오시라고 하는데요?"

난 일어나서 똘마니를 따라갔다.

장해운이가 다방에서 날 보더니 반갑게 맞아 주면서

"종철아, 일 좀 해야겠다. 이것들이 또 안 내고 있다"

"……"

"오늘은 내가 종로 쪽에 일이 있어서 가봐야 하니까 내일 같이 한번 돌아보자"

난 그냥 고개만 끄덕이고는 밖으로 나왔다.

"에이, 또 뻔한 거지 장사꾼들한테 돈 뜯으려고 하겠지, 못 본 척 할 수도 없고"

난 어둑해진 무교동 거리를 거닐었다.

한 무리의 술 취한 패거리들이 지나간다.

"야 뭘 봐!!"

"……"

"하~ 이거 눈은 쥐새끼 같고… 야, 이리 와봐"

난 멈춰 섰다.

"아쭈 꼴에 사내새끼라고 섰다 이거야?"

그러자 옆에 있던 다른 동료들이 술 취한 놈을 말리는 듯했다.

"야 그만해 너 술 많이 취했어."

"내가 술 안 취했다고. 저 새끼가 꼬나보잖아"

내가 무교동 한복판에 서 있자 다른 놈들은 겁을 먹은 모양이고 술 취한 놈은 정신이 빠지고 술에 취해서 횡설수설하는 모양이다.

난 그냥 발길을 돌려서 하숙집으로 돌아왔다.

다음날 똘마니가 들어오면서 장해운이가 시작한다고 알렸다.

놈의 뒤를 쫓아 가보니 아니나 다를까 벌써 시작되었다.

"야 이 개새끼들아 누가 여기서 장사하라고 했어. 내 말이 말 같이 안 들린다 이거야? 이런 개새끼들"

장사꾼들은 벌벌 떨고 있고 누구 하나 나서는 이가 없었다.

뻔한 이치니까 나섰다가는 장사고 뭐고 리어카까지 망가질 테니까 말이다. 똘마니들은 벌써 리어카 두 대를 부숴 놓은 상태다.

"어~ 종철아, 이것들을 어찌할까?"

"……"

"새끼들이 내 말을 안 듣잖아"

장사꾼들은 눈치를 보면서 돈을 거둬서 장해운에게 바치고 나서야 조용해졌다.

난 긴 한숨을 쉬고는 장해운에게 간다고 얘기하고는 그 자리를 벗어났다.

내 등 뒤가 따가움을 느끼는 건 뭘까…

내가 사라진 방향을 바라보는 장해운의 눈빛이 등 뒤에 느껴진다.

언젠가는 한번 붙어야 할 인간.

장해운…….

난 정신없는 시간을 보내느라 김기수 관장님이 찾아가라는 곳을 잊고 있었다. 그것은 내 일생일대의 크나큰 실수였다.

나중에 김기수 관장님에게 들은 얘기로는 프로 선수의 자질을 타고난 나에게 프로로 갈 수 있는 길을 열어 주시기 위해 찾아가 보라고 했던 거였다.

난 자주 오르던 인왕산에 올라 가슴이 찢어지는 아픔을 느끼고 혼자서 자책했다.

권투선수…

세계 챔피언이 되어서 나의 고향에 당당히 내려가겠노라 맹세하였지 않았던가.

그런데 이런 실수로 나의 꿈이 산산이 부서진 것이다.

이제 어떻게 해야 할지 모르겠다.

인왕산에서 바라보는 서울의 밤하늘.

한잔도 입에 대지 못한 술을 그런 쓰디쓴 술로 목을 취한다.

아무리 술을 먹으면서 잊으려 해도 잊지 못하는 얼굴.

어머니…

"어머니 죄송해요… 죄송해요. 어머니"

난 어머니를 부르면서 술에 내 몸을 맡기고 있었다.

그리고 난 한 가지 또 결심한 것이다.

"그래… 내 운명은 권투선수가 되지 못할 운명인가 보다 그럼 무엇을 해야 할 것인가 서울 하늘 아래서 나에게 주어진 것은 또 무엇인가… 건달…."

난 한참을 생각했다.

서울 바닥에서 살아남으려면 무엇을 해야 할 것인지를 다시 한 번 다짐한다.

"난 최고가 될 것이다. 무교동을 아니 서울을 아니 전국을 제패할 건달이 될 것이다. 의리의 건달"

그렇게 다짐하고 남은 술을 목구멍에 쳐 넣었다.

그리고는 그 자리에 누웠다.

밤하늘의 별들이 반짝거린다.

고향의 밤하늘에도 저런 똑같은 별들이 반짝이겠지...

무풍시대의 시작

드디어 무풍시대

시끄러운 소리에 눈을 떴다.

똘마니 한 녀석이 장해운이가 날 찾는다고 한다.

또 무교동의 어느 장사꾼의 돈을 뜯어먹으려고 날 찾는 거겠지.

난 일어나면서 어제 인왕산에서 먹은 술이 아직 덜 깬듯 머리가 빠개질 정도의 아픔을 느꼈다. 눈앞에 보이는 냉수를 벌컥 들이켰다.

"무슨 일이래?"

"모르겠는데요, 형님 모셔오라는 말밖에는 안 하시던걸요"

"그래? 또 어떤 장사꾼이 돈을 안 냈냐?"

"글쎄요 그런 건 아닌 것 같은데요 그냥 청록 다방으로 다 모이라고만 했어요. 형님을 모셔오라고 하시면서요"

"알았다 가자"

난 똘마니와 같이 청록 다방으로 갔다.

벌써 많은 녀석이 모여 있었다.

내가 들어가니까 녀석들은 모두 일어나서 인사를 한다.

"나오셨습니까?"

"왔냐?"

"……"

"다들 앉아라. 할 얘기가 있다. 오늘 급히 너희들을 모이라고 한 것은 다른 게 아니고 창조 형 알지?"

"창조형요?"

"그래 조창조"

난 생각했다. 조창조가 누구인가?

떡판 갑석이형 친구인데 중앙시장에서 몇 번 본 사람이다.

한참을 이런저런 생각하는데 장해원이가 다시 말을 하기 시작했다.

"음… 앞으로 말이야 다른 사람도 아니고 이놈 저놈 그리고 이형 저 형 볼 거 없다. 우리는 조창조 씨를 형으로 모신다."

일방적인 통보였다. 장해운의 말이 곧 법이니까.

토를 다는 놈들도 없었고 모두 조용하기만 했다.

"왜냐하면, 우리가 조창조 형을 모시는 것은 다 알 것이야, 우리의 기반을 다 든든하게 하기 위해서니까. 불만 없지?"

"네"

"그래, 음… 종철이는?"

"… 불만 없어… 동의해"

"그래 좋아 모두 동의한 것으로 정한다. 이상"

조창조.

그는 누구인가?

조창조는 이북 출신이다.

전쟁으로 대구로 피난 내려와서 정착했으며 대구에서 중·고등학교를 나왔다.

기골이 장대하고 한눈에 봐도 싸움꾼처럼 생겼다.

경북 지역에서 주먹으로 명성이 나 있으며 한번 조창조에게 걸리면 피 죽음을 면치 못할 정도였다.

하지만 독불장군처럼 독선적이어서 친구들한테 몰매를 맞은 적도 있었다.

그런 조창호가 서울에 올라온 것이다.

조창조 삼촌이 서울역 쪽에 있는 중앙시장에 큰 상회를 경영했었는데 거기서 조창조는 일했다.

이렇게 조창조는 중앙 시장에서 두각을 나타내기 시작한 거였다.

서대문파의 (찬이)는 레슬링 선수 출신으로 엄청난 몸을 가진 사람이다. 그는 중앙 시장에 조창조라는 인물이 세력을 잡고 있다는 소문을 듣고 조창조와 만나게 된다.

"네가 조창조냐?"

"그런데"

"중앙시장 떠나라"

"……"

모두 긴장하고 있었다.

사람들은 레슬링 전적이 있고 거두의 몸을 가진 찬이를 과연 조창조가 이길 수 있을까? 하는 궁금증을 가졌다. 그 결과에 따라 중앙시장은 판결 날 것이기에.

긴장을 하고 있을 때.

"내 말이 안 들려?"

말이 끝나기 무섭게 조창조의 한방으로 거구의 찬이는 나가떨어졌다.

모두 놀라서 멍하니 조창조를 바라보았다.

"이 새끼들아 이 쓰레기 빨리 치워"

찬이는 그렇게 끝났다.

조창조 그의 명성은 그렇게 시작되었다.

얘기가 다른 곳으로 흘렀지만 그렇게 우리는 조창조 형을 모시기로 했다.

무교동에는 원래부터 토박이들이 자리를 잡고 있었다.

토박이들의 텃세는 옛날이나 지금이나 그 예를 벗지는 못하는 것일까.

무교동의 토박이는 다당 쪽에 살던 애들로 윗대 조직으로부터 20번지 파로 불리고 있었다.

그들은 싸움에 도가 튼 것처럼 싸움을 잘하는 패들이다.

한마디로 무교동의 건달인 셈이다.

20번지 파의 보스는 〈마도로스〉라는 주먹으로 유명한 사람이면서 명동 매트로 호텔 지역의 증권시장에서 총회꾼 건달로 활동하면서 무교동을 장악하고 있는 실세였다.

"야!! 무교동이 시끄럽다고 하는데 어떤 놈들이야?"

"장해운이라는 놈하고… 오종철… 입니다"

"그래?"

"그리고 조창조라는 중앙시장에서 있던 놈하고요"

"조창조?"

"네 그쪽 대장인가 봐요"

"조창조…."

마도로스는 우리를 염두에 두고 있었고 우린 드디어 놈들을 만나게 된다.

신장개업하는 바.

조창조는 장해운이와 중앙시장에 조창조가 형님으로 모시던 빠직이 형과 함께 똘마니들을 데리고 바에 도착했다.

문을 열고 들어가니 벌써 20번 지파 놈들이 와 있었다.

"뭐 하는 놈들이야?"

"이 새끼가 누구보고 놈들이래?"

마도로스와 조창조가 눈을 바라보고 일촉즉발로 대치를 했다.

"그래 이 새끼들아!!"

조창조가 선방을 치자 앞에 있던 놈이 고꾸라졌다.

마도로스가 눈이 뒤집혀 지면서.

"이런 개새끼들!!"

이때, 장해운이가 앞으로 나선다.

"마도로스형 나랑 한판 합시다"

마도로스는 기가 찬 듯 장해운을 바라본다.

"서울 놈들 다 죽여 버려"

"이런 새끼들 어디서 굴러먹다 온 새끼들이냐! 다 죽여 버려"

양측이 긴장의 연속이었다.

이때, 그 앞을 지나가던 마도로스 선배가 되는 장선이라는 분이 앞으로 나선다.

"그만!! 뭐야 이 새끼들 여기가 어디라고 싸움질이야?"

"어? 장선아, 너 장선이지? 야 너 오랜만이다 여기 내가 아는 동생들이다"

"아 그래요. 형님, 그만해라 여기는 알고 있던 형님이시다"

정말 싸움은 그렇게 시시하게 끝났다.

아니 시작도 안 했다.

그저 눈싸움으로 했던가?

아무튼 빠직이 형하고 장선이 형 덕분에 우린 피를 보지 않아도 된 것이지만.

그 후로 20번지 파하고 우리는 친구들이 되었다.

이쯤해서 빠직이 형하고 장선이 소개를 간단하게 해야 이해가 빠를 것이다. 빠직이 형은 이북 출신이며 시라소니에게 발차기와 싸움 기술을 배웠으며 중앙시장에서 조창조와 호형호제로 지내고 있는 사람이다.

장선이 형은 박정희 혁명 당시에 이정재 사건에 연루되어 국토개발단에 잡혀가서 갖은 고생을 하다 풀려나왔다.

여기서 지금도 생각하지만, 그 당시 서울 아이들은 차원이 달랐다.

촌놈들. 즉 우리는 힘을 자랑하고 힘으로 싸웠지만, 서울 아이들은 달라도 한참 다른 것 같았다. 당시에 전라도는 구박과 천대를 많이 받을 시기이기에 더욱 그랬다. 어쨌든 무교동에서의 적과의 동침이 시작된 것이다.

그렇게 영원한 친구도 영원한 적도 없었다.

장해운를 대장으로 해서 우리의 무교동에서의 세력은 점점 더욱 커지고 세상 무서울 게 없었다.

　점차 똘마니들의 사고도 늘어나고. 급기야, 서울시경에서도 우리들을 주시하고 있을 때였다.

　"또 사고야? 이 자식들을 다 잡아넣어 버려?"

　"장난이 아닙니다. 어떤 곳은 아주 다 쓸어버리듯 만들어 놓고 있으니 업주들이 죽을 맛인가 봐요"

　"아니 강력반에서 그런 깡패 새끼들 처리 하나 못하면 어떡해"

　그렇게 강력반에서는 장해운을 벼르고 있었다.

　그러다 드디어 사건이 터지고야 만 것이다.

　무교동의 휘황찬란한 조명들.

　많은 사람이 오가는 곳 무교동의 밤.

　무슨 바에서 개업을 한 모양이다.

　우리 쪽 애들 중에 짱구라는 놈이 있었다. 머리에는 항상 잔뜩 포마드를 바르고 다니는 짱구는 바로 들어가려는데.

　"어서 옵쇼!!!"

　"야!! 개업한 거냐?"

　"네"

　"사장 안에 있어?"

　"네 누구신가요?"

　"누구긴 이 새끼야, 개업했으면 신고를 해야 할 거 아냐?"

　다짜고짜 안으로 들어간다.

"야~ 잘해놨네! 돈이 많은 모양인데?"

"이렇게 잘해놓은 걸 보면 잘 나가겠는데"

"어머 어서 오세요"

"야 사장 나오라고 해"

"내가 사장입니다만…"

"긴말하지 않겠소. 협조를 부탁합니다"

"무슨 협조 말인가요?"

"모범 청년 기금이라고. 뭐, 많이 내면 좋고"

"모범 청년 기금요?"

"하~ 시발, 말귀를 못 알아들었나?"

이때 바 안에서 짱구가 하는 소리를 듣고 나오는 사람이 있었다.

"야!! 너희 이리 와!"

"이건 또 뭐야?"

"이 깡패 같은 새끼들 다 잡아갈 테니까 꼼짝하지 마"

"잉? 이런 개새끼가 형사면 형사지 꼼짝하지 마?"

그렇게 형사와 짱구 일행들의 싸움이 시작되었다.

종업원들과 손님들은 물론이고 다들 벌벌 떨고 있었고 사장도 사시나무 떨듯 떨었다.

이런 일이 있을 거라고 예상하고 사장의 친구인 형사를 개업 날 부른 것이다.

"악!!!! 이 새끼가 형사를 쳐?"

짱구는 형사를 개 패듯이 때리고는 도망을 쳤다.

서울시경.

"뭐야? 깡패 새끼들한테 당했다고?"

"……"

"그게 경찰이야?"

"죄송합니다"

"이런 개자식들! 무교동에 있는 전라도 놈들을 다 잡아 와!!"

그렇게 시경에서는 무교동 패들을 잡아내느라 눈에 불을 켜고 다녔다. 그러다 조창조의 일이 또 터지고야 만다.

정말 엎친 데 덮친 격이라고나 할까. 사건은 당시 대구 지역의 최고라고 할 수 있는 이중권이라는 사람이 고향에서 한 건을 제대로 챙겨서 서울로 올라왔다.

이중권과 반대파인 백인옥이가 조창조와 친한 사이였으며 조창조와 다방에서 만나고 있었다.

"야, 창조야 이중권이 알지? 이중권이가 대구에서 한 건 해서 올라왔다는 정보가 있다."

"그래요?"

"그 자식 엄청나게 큰 건을 한 모양이더라 그거 우리가 뺏자 이거야"

한참을 생각한 조창조는.

"그렇게 합시다"

"좋아. 그렇게 나올 줄 알았지!"

"지금 어디 있다고 합니까?"

"연락이 올 거야"

한참 후에 똘마니 한 명이 들어오면서 귀에 속삭인다.

"대연각호텔? 가자, 퇴계로 대연각 호텔"

대연각호텔.

퇴계로 쪽에 있는 호텔(1971년 12월 25일 대연각 호텔 화재)로 빠르게 움직인다.

당시 대연각 호텔에는 무학성 나이트클럽이 있는데 서울의 내노라하는 호텔은 모두 나이트클럽을 운영 하고 있으며 이권이 개입되어 있었다. 특히 무학성은 서울 최고의 나이트클럽이다.

그곳에 도착하니 조명이 휘황찬란하다.

"어서 오십시오 몇 분입니까?"

문 앞에 있던 웨이터는 우리를 보더니 슬그머니 피한다.

안으로 들어가니 안쪽에서 술을 먹고 있는 이 중권이가 보인다.

"하하하 기분 좋게 마셔라"

"오라버니 고마워요. 호호호"

여자들과 술을 먹고 있는 이중권 쪽으로 걸어간 백인옥.

"야, 너 혼자 그렇게 처먹으면 배탈 나지, 혼자 먹지 말고 나누면서 사는 거지"

이중권이는 소리 나는 쪽을 힐끔 보더니.

"죽으려고 환장했구나, 그냥 가라 조용히 얘기할 때"

이때, 임동원, 짱구, 고릴라 등이 이중권을 덮친다.

테이블에 있던 재떨이를 들어서 이중권의 머리통에 가격하니 피가 터진다.

"아이쿠 이 새끼들!!"

옆에 있던 여자들은 기겁하고 도망치고 난리가 났다.

무대에서는 그걸 아는지 모르는지 밴드의 음악은 계속 흐르고..

그렇게 퇴계로의 나이트클럽 사건은 대대적으로 보도되고 시경에서는 발칵 뒤집혔다.

"뭐? 그래서 지금 뭣들 하겠다는 거야!! 당장 그 깡패 새끼들을 잡지 않고"

"사건 조사단을 나이트클럽에 보냈습니다, 그리고 리스트를 작성하고 있고요"

"깡패 새끼들이 날뛰면 시민들이 불안해서 살겠어? 이걸 위에서 알면 우린 모가지야, 모가지들 걸고서라도 일망타진해!"

"알겠습니다."

"깡패 새끼들 이번에는 아주 씨를 말려서 다시는 서울 바닥에서 볼 수 없게 깡패 놈들을 쓸어 버리겠다."

시경에서의 형사란 형사들은 모두 무교동을 비롯한 서울 근교까지 일망타진을 위해서 발동되었다.

"그 새끼들 총 두목이 누구야?"

"조창조, 임동원 밑에 장해운, 이장학, 고릴라, 곰, 짱구, 오종철 등이 있습니다"

"다 잡아!!"

그리고는 냉수를 벌컥 들이켠다,

그러고도 화가 안 풀렸는지 주전자를 들어서 마신다.

한편 소식을 들은 조창조는 즉각 도망을 치고 장해운과 나는 목포로 튀어 버렸다.

서울역에서 기차를 타고 가려다 혹시나 형사들한테 걸릴 것 같아서 일단은 영등포 쪽으로 갔다.

거기서 기차를 타고 목포로 내려간다.

쓰라린 아픔을 갖고 고향으로..

달리는 기차.

창밖을 바라보는 내 마음은 편하지가 않았다.

고향으로 내려가는 지금 심정은 소주 먹고 속이 아픈 것처럼 마음이 심란하고 쓰라렸다.

고향에서 서울로 상경할 때 생각이 나서다.

푸른 꿈을 안고 서울에 와서 세계 챔피언의 권투 선수가 되어서 고향에 금의환향하겠다던 내 꿈이 산산이 부서지고 그렇다고 건달로서 성공한 것도 아니고 쫓기듯 밤에 몰래 내려가는 심정은 죽고만 싶었다.

달리는 열차의 창가만 바라보고 이 생각 저 생각하고 있을 때 장해운이 말을 걸어왔다.

"무슨 생각해?"

"……"

"이렇게 잡히지 않고 도망 친 것도 다 운이 좋은 거야"

"……"

장해운이 뭐라고 계속 떠벌리는데 창가를 바라보고 있는 나에게는 아무 말도 들리지 않았다. 그리고 장해운이가 건넨 물 한 모금을 입에 대고는 이내 잠들었다.

멀리 내가 자란 집이 눈앞에 보였다.

얼마 만에 오는 집이던가 꼭 3년 만에 찾아온 집이다.

집으로 들어가니 아버지가 누워 계시면서 나를 반가이 맞아 주셨다.

얼른 아버지께 인사를 하고 장해운을 소개했다.

아버지는 편도암을 앓고 계셔서 그랬는지 나를 빤히 쳐다보시면서 아무 말씀도 하지 않으셨다.

"내려오느라 고생했다… 쉬어라"

"네"

내가 집에 왔다는 소식에 형이 들어왔다.

"잘 내려왔다."

"네"

"서울살이는 할 만하냐?"

"할 만해요"

"… 죽으라는 법은 없으니까 여기 있다가 네가 하고 싶은 거 해"

"……"

서울시경에서는 임동원을 빼고 모두 잡혔다.

똘마니들이 일렬로 서 있고 문이 열리면서 이중권이가 들어선다.

"이중권, 이놈들 중에 가해자가 있는지 확인해봐"

"… 없는데요. 이 사람들은 잘 모르는 사람들이에요"

"야, 너 진짜야? 다시 한번 확인해봐"

"없어요. 확실합니다"

"나중에 딴소리하면 안 돼"

"네"

그때 그 시절만 해도 건달들끼리는 지킬 건 지켰다. 의리(?)를...

몰매를 당한 이중권이가 임동원이를 모른다고 했다.

하지만 나중에 임동원이는 6개월간 교도소에서 생활하게 되고 형사들에게 갖은 고초와 얼마나 두들겨 맞았는지 온몸이 다른 사람처럼 되어 버릴 정도였다.

그리고 그 후에 사건이 종결되었다.

무교동과 서울 거리에는 조용했다.

그리고 서울의 무교동에 다시 모이기 시작한다...

깡패와 건달의 차이.

난 살면서 이런 고민을 하게 되는데 그때는 그것이 나에게는 매우 중요한 것이었다.

〈깡패와 건달이란 뭐지? 똑같은 거 아냐?〉이렇게 생각하고 있었다.

"형 무슨 생각해?"

똘마니 한 놈이 내가 뭔가 생각하고 있을 때 물어 온다.

"야, 너 말이야 깡패하고 건달이 뭐라고 생각하냐?"

"똑같은 말 아녜요? 깡패나 건달, 그게 그거죠 왜요?"

"아냐 아니야 그냥 궁금해서"

건달의 깨달음

깨달음을 통하여.....

난 진짜 그게 궁금했다. 그래서 소문 소문에 알아보니 70년대의 신촌에 유명한 한문 선생이 있다고 해서 찾아가기로 했다.

허름한 이층으로 된 곳이다. 좁은 계단을 올라가니 작은 문이 나왔다 .

"계십니까?"

"누구슈?"

"혹시… OO 선생님이십니까?"

"그런데요"

"저 은석이 형님이 여기를 찾아보라고 해서요"

"아, 그래요. 이쪽으로 앉으시죠. 어떤 일로 오셨는지요"

안에는 한문으로 된 글들이 빼곡히 붙어 있었고 뭐라고 쓴 것인지는 몰라도 아무튼 여기가 한문에 대해서는 일가견이 있다고 생각했다. 난 조심스럽게 물어봤다.

"건달이라는 뜻과 깡패라는 뜻을 알려고 왔습니다"

선생은 날 한참이나 바라보더니 이내 하얀 백지에 써 내려가기 시작한다.

"건달의 건(乾)이란 하늘 건을 쓰는 것이 아니고 마를 건을 씁니다… 즉 무예의 출중함을 뜻하며 진정한 건달이라는 뜻입니다. 약자를 괴롭히지 않고 자기의 의지에서 정의롭게 행동하는 것! 즉 건달의 깊은 뜻의 이치를 알면 그것이 최상의 건달이라는 뜻입니다. 깡패란 폭력배(暴力輩)라는 뜻으로 무리를 일컬어 쓰는 말로 사람들을 괴롭히면서 살아가는 집단이라는 뜻입니다."

선생의 말을 듣고 있는 나는 손에 힘이 들어갔다.

"됐습니까?"

"네 감사합니다"

선생에게 고맙다는 인사를 하고 그곳을 나오면서 무엇인가 나의 가슴에 큰 것을 안고 돌아가는 느낌을 받았다.

그날 이후 난 지금까지 살아오면서 깡패가 아닌 건달. 즉 무예의 무인으로 살아가면서 약자를 도와주는 선생이 말한 건달의 진정한 뜻을 가슴에 품어왔다.

그것을 지키기 위해 여태껏 살아오면서 재산과 부귀영화는 없지만, 폭력과 전과라는 것이 없이 살아오고 앞으로도 살아갈 것이다.

맞짱을 뜬다

맞짱을 뜨면 누가 이길까?

사람들이 바삐 움직이고 있는 무교동.

난 무교동의 00바에 기도(사업장을 깡패로부터 보호하고 돈을 버는 일)로 취직이 되었다.

"양복이 잘 어울리는데요?"

"그래요? 잘 부탁 합니다. 언제 찾으러 오면 되죠?"

"3일 정도 있다 오시면 돼요"

"알겠습니다"

그렇게 양복점에서 신사복을 맞춰 입고 머리도 나름대로 멋지게 하고 구두도 광을 냈다. 물론 구두는 내가 구두 닦기를 해봐서 광 내는 데는 천재라고 할 수도 있다.

그렇게 쫙 차려입으니 진짜 뭔가가 된 기분이 들었다.

"그래 최선을 다해서 열심히 일하자 돈을 버는 거야! 안정된 직장에서 열심히 하는 거지" 그렇게 맘먹고 난 정말 열심히 일했다.

그러던 어느 날 바에서 일하고 있었는데 장해운이가 찾아왔다.

다른 똘마니들과 이장학, 고릴라, 곰 등이 함께 바로 들어왔다.

장해운이는 나를 보더니 히쭉히쭉 웃으면서.

"야 이게 누구야, 오종철이 아주 딴 사람이 다 되었는데?"

"……"

"양복에다 구두 광내고 하하하. 좋아 신사가 되었어."

"그만해라"

"왜? 그만해 야 애들아 종철이 잘 어울리지 않냐?"

"……"

"종철아, 너 잘나가는 거 아니까 잘 벌면 서로 나누고 그래야지 친구 아니냐?"

장해운은 목적이 하나다. 오늘 시비 걸러 온 것이니까 내가 뭐라고 해도 씨가 안 먹힐 건 뻔하다.

"그만하라니까"

"그만하란다. 하하하"

오늘 이 상황에서 업소 사장과 보는 사람들이 없었다면 장해운에게 그냥 나가서 몇 대 맞아주고 끝낼 일이었지만 상황은 그게 아니었다.

"왜? 겁나냐? 이 새끼야 돈을 벌었으면 같이 나누고 그런 거지 이 새끼 돈 욕심 부리는 거 봐"

난 손에 힘이 들어가기 시작했다.

"밖으로 나가자"

"밖으로? 푸하하하하 그래"

우르르 밖으로 나갔다.

장해운과 함께 왔던 친구 녀석들도 그리고 주변의 업소 사장들도 궁금해하고 긴장을 하면서 구경 아닌 구경을 하게 된다. 우리바에 있던 종업원들 아가씨들도 모두 나와서 구경했다.

"어머, 종철이 오라버니가 싸우는 거야?"

"누가 이길까?"

"당연히 우리 종철이 오라버니가 이기지"

"아닐걸. 저 사람 덩치 좀 봐. 남산만 하잖아. 저 사람한테 걸리면 뼈도 못 추릴걸"

이게 뭐라고 수군거리는 소리를 하면서 무슨 신바람 난 듯 구경하고 있었다. 다동 사거리 모든 사람이 지켜보고 있는 상황이고 장해운과 대치한 상태. 우린 서로를 바라보고 있었다.

장해운은 키도 크고 덩치도 있으며 힘이 장사였다. 그와 싸운다는 건 당시에는 누구도 상상하지 못할 일이었다.

장해운도 그렇게 생각했으리라 본다. 순간 내 머릿속에는 여러 가지 생각이 파노라마처럼 떠올랐다. 무조건 이겨야 한다.

장해운에게 여기서 지면 똘마니로 살아가야 한다.

어떻게 여기까지 왔는데, 왕초한테도 악착같이 지지 않았던 난데. 그런 생각을 하는 찰나에 장해운의 주먹이 크게 들어 왔다. 난 빠르게 옆으로 빠지면서 장해운의 턱을 그대로 날렸다.

순간 장해운은 그대로 쓰러졌다.

큰 거구가 쓰러지면서 엄청난 소리가 들렸다. 구경하던 많은 사람은 그대로 멈추고 아무 소리도 들리지 않았다.

장해운은 일어나려고 몇 번을 뒤척이다가 다시 쓰러지고 겨우겨우 친구들 가랑이를 붙잡고 일어선다.

이 순간을 모두 본 것이다. 무교동의 사람들이.

고릴라가 나한테 걸어왔다. 난 긴장을 하고 주먹에 힘을 주고 있었다. 여차하면 고릴라도 쓰러트려야 한다는 생각으로..

그런데 고릴라는 나를 껴안으면서 울었다. 녀석은 날 붙잡고 울면서 좋아했다.

남은 녀석들이 장해운을 안고 돌아갔다. 구경하던 사람들도 모두 돌아갔다. 그런데 내 가슴이 무엇인가 멍한 느낌이 들었다.

오랫동안 함께 했던 친구고 동지였는데.. 이 세계는 진정한 강자만이 살아 남는다는 걸 다시 느꼈다.

그 일이 있고 장해운은 나에게 몇 번 찾아왔다.

하지만 이 세계는 한번 패하면 두 번 다시 일어설 수가 없었다.

첫째로 정신적으로 승자가 될 수 없으니까. 아무튼, 장해운은 그렇게 몇 번을 찾아와 나하고 결투 아닌 결투를 했지만, 그때마다 쓰러지고 또 쓰러졌다. 그리고 장해운은 다시는 찾아오지 않았다.

"형님, 종철이 새끼 내가 복수할 겁니다"

"야, 내가 안 되는데 너 같은 새끼가? 복수 같은 소리 하고 있네. 다 꺼져 이 새끼들아"

장해운은 그렇게 매일 같이 술로 세월을 보내고 타락의 길로 들어섰다. 그리고 장해운은 폭력으로 인해 서대문 교도소에 수감되었고 나중에는 목포 교도소로 이감되어 68년경쯤에 병으로 죽었다는 소식을 들었다.

맘이 아팠다. 가슴 저리듯...

인왕산에 올라가서 소주 한 병을 들고 나발을 불었다.

"죽기는 왜 죽어… 끝까지 살아서 한판 다시 붙어야지 죽긴 왜 죽어"

장해운이 누군가. 무교동에서 젊은 시절 함께 했던 한 식구가 아니던가. 그 친구와의 정이 남달리 컸던 관계로 너무나 힘들었다.

부디 좋은 곳으로 가게........ 소주를 부어서 늦게나마 친구에게 인사를 했다. 장해운과의 인연은 좋은 점과 악연이란 것이 있었는데 그 악연이 이어진 것 같다.

이장학.

이장학이가 누구인가, 장해운이하고 친했기 때문에 장해운이가 나에게 당한 걸 알고는 복수를 하겠다고 벼르고 있었다. 내가 데리고 있던 아이로 〈석〉이라는 동생이 있었는데 사건이 터진 것이다.

"야!! 너 이리 와봐"

"왜요?"

"왜요가 어디 있어 이 새끼야. 이리 와! 너 종철이 동생이야?"

"네"

그 소리가 끝나기 무섭게 다짜고짜 석이를 때리면서 끌고 가는 거였다. 난 석이를 찾으려고 여기저기 물어보니 이장학이가 석이를 데리고 다방으로 들어가는 걸 보았다고 똘마니 한 녀석이 가르쳐 주었다. 다방으로 들어가니 이장학과 똘마니 추종자들 그리고 석이가 무릎을 꿇고 있었다.

"뭐야? 석아 왜 그래 일어나"

"너 애한테 왜 그래?"

"오종철! 똘마니 하나 교육 그렇게 못 시켜?"

"무슨 소리야?"

"야 시발, 이 개새끼가 인사도 안 하는데 너도 똑같은 놈 아냐?"

"뭐야?"

"한판 붙자"

"좋아"

우린 우르르 다방에서 나와서 골목으로 들어갔다. 어찌 되었든 언젠가는 한판을 붙어야 할 상황이고 또한 무교동 기도를 보면서 이런 일이 허다하게 일어나면 해결을 해야 하는 일이다. 내가 여기서 그냥 물러서면 앞으로 계속 괴롭힐 것이란 것을 누구보다 더 잘 알고 있었다.

이장학.

이장학은 장해운과 마찬가지로 덩치가 컸다. 이장학의 싸움 정보는 무조건 상대를 잡아서 메다꽂는다는 것이다. 난 이장학에게 잡히지 않으려고 한다. 날 잡으려고 들어오는 걸 알고는 옆으로 피하면서 이장학의 턱과 옆구리를 날렸다.

"헉!!" 하는 소리와 함께 거구가 쓰러졌다. 난 다시 일어나려는 이장학의 목을 발로 밟으려고 했는데 꼼짝하지 않는 이장학을 보면서 옆에 같이 왔던 똘마니들을 바라보았다.

놈들은 부들부들 떨고 있었다. 이장학은 기절했다가 깨어나면서 날 보지도 못했다. 석이에게 택시를 부르라고 하면서 이장학을 택시에 태워 보냈다.

"석아"

"네 형님"

"이 세계는 냉정한 거야 승자만이 있는 거다"

"항상 머리에 새겨듣겠습니다"

여기서 잠깐 은희석이란 동생을 소개하면 무교동에 머리 좋고 똑똑한 녀석이 있다는 얘기에 만났다. 창두라는 친구가 소개한 녀석이다.

"종철아, 이놈 좀 잘 봐줘라. 똑똑한 놈인데 너한테 많은 도움을 줄 것이다. 무교동 술집 중에서 적당한 곳에 취직 좀 부탁한다."

"인사드립니다. 은희석입니다"

"은희석?"

"네"

"그럼 내일부터 진선미 바에 나와"

"고맙습니다. 형님"

그래서 석이를 진선미 바 웨이터에 취직시켰는데 사달이 난 것이다. 왜냐하면 진선미 바 한 놈이 나에게 헐레벌떡 오더니, 질색하면서...

"형님 형님이 소개해주신 분 다른 곳으로 보내주시면 안 될까요. 부탁드립니다"

"왜? 그놈이 말썽부리냐?"

"아닙니다. 그게 아니고요… 저… 너무…"

난 척 보면 무슨 일이 있는 줄 안다. 왜냐하면 웨이터는 부려 먹기 좋은 애들로 구성이 돼야 하는데 석이는 너무 만만찮으면서 키도 너무 큰 것이다.

"석이야 안 되겠다. 다른 곳으로 알아봐 줄게"

"네⋯."

어느 날 무교동에서 석이란 놈은 내가 나타날 때를 기다린 듯 나타나서는 인사를 하는 거였다.

"형님 안녕하십니까?"

"어 그래"

"저 드릴 말씀이 있는데요"

"그래? "

우리는 다방으로 내려갔다.

다방에서는 은은하게 음악이 흘러나오고 몇몇 신사라고 자칭하는 부류의 사람들이 앉아서 노닥거리고 있었다.

"그래 할 말이 뭐냐?"

"형님 살려주십시오. 형님이 조금만 살펴주시면 제가 무교동에서 먹고 살아갈 수가 있습니다"

난 녀석의 얼굴을 찬찬히 들여다보았다. 사람은 첫인상, 즉 얼굴에 나타나기 때문이다. 녀석은 진지하게 얘기를 하는 거였다.

"그래, 뭘 할 건데?"

"무교동에서 담배 장사를 하겠습니다"

"담배 장사?"

"네. 열심히 하겠습니다. 도와주십시오"

"어디서 하고 싶은데?"

"형님 구역이면 전 어디든 좋습니다"

"그래 알았다 해봐"

그렇게 석이와의 인연이 이어졌다. 나중에 녀석은 내 밑으로 들어와 똘마니가 아닌 나의 진짜 동생이 되어 나의 싸움 기술도 전수(?) 받으며, 나를 따라다니게 되었다.

장해운 그리고 이장학과의 싸움에서 승자가 된 나는 자연스럽게 무교동의 강자로 등장하게 된다. 그러니까 65년부터니까 서울 상경한 지 4년이 지나고 난 후였다. 난 내가 강자입니다가 아니라 당시의 상황을 본 사람들의 입과 눈으로 전해지면서 대장으로 군림하게 된다.

난 장해운과의 대결에서도 그리고 다른 사람들과의 대결에서도 마찬가지로 절대로 힘을 과시하거나 주먹을 남용한 적이 없다. 난 오로지 나의 일 그리고 내가 주어진 책임감에 있는 업소의 치안에만 충실했다. 그것은 나의 성격과 또한 인왕산에서의 내 맹세이기도 했다. 신촌에서의 건달이라는 두 글자에 뜻을 함께하면서부터니까.

어느 날 중앙시장에 조창조를 보러 가게 되었다.

"이게 누구야 오종철이 아냐?"

"……"

"마침 잘 왔다 그러잖아도 널 찾으러 가려고 했는데"

"……"

"나 좀 보자"

난 조창조가 따라오라는 말에 순순히 그의 뒤를 따라갔다. 가보니 기차 화물칸이었으며 그 안에는 아무것도 없었고 텅 비어 있었다.

조창조는 날 보더니.

"들어 와라"

조창조의 말에 화차칸 안으로 들어갔다. 화차 안에는 좀 음산하면서 좋지 않은 기운이 흘렀다. 냄새도 나고 원래 화물칸은 배추나무 그리고 마늘 같은 농산물을 실었던 곳으로 그런 것이 오래되어 남은 것들의 썩은 냄새가 진동했다.

"창조형 무슨 일로…"

조창조는 아무 소리도 하지 않고 웃옷을 벗고 있었다.

"많이 컸다 종철아… 너 말이야 나하고 맞짱 한번 뜨자"

"네? 왜 그러십니까?"

"이유는 묻지 마라…"

하면서 조창조의 주먹이 날아왔다. 순간 난 무의식적으로 몸을 옆으로 피했다. 이것은 싸움의 본능이라고나 할까. 아니 싸움의 기술이다. 상대방이 들어올 때 어떻게 대처하느냐에 상황이 바뀔 수가 있으니까.

난 갑자기 들어오는 조창조의 주먹을 피함과 동시에 조창조를 정확히 가격했다. 조창조는 쓰러졌다.

"…형님"

"졌다… 그만해… 그만해"

그리고는 일어나서 옷을 들고 나가는 거였다.

난 멍하니 그 자리에서 움직이지 못하고 있었다.

"이게 뭐지?"

후에 왜 이런 일이 일어났는지 알게 되었다.

조창조는 나와 맞짱을 뜨면서 일인자를 굳히려는 음모가 있었던 거였다. 아무튼 내가 이겼다.

동물의 세계에서는 강한 동물이 살아나가야 하는 것이 순리이고 운명인 것을 아니 건달의 세계에서도 똑같다. 조창조는 여태껏 무패를 자랑한 인물이었지만 처음으로 쓴맛을 보게 된 것이다.

난 곰곰이 생각했다. 왜, 조창조가 나에게 그런 사건을 만들게 되었는지...

조창조는 장해운과 이장학이 나에게 당한 것에 대한 복수 차원이었을 거고 또 하나는 친구 중 한 명이 잘못 전달해서 오해를 불러일으킨 것이라 추정을 했다. 암튼 어찌 되었든 내가 조창조를 쓰러트렸다는 소문은 금세 퍼졌다.

놈들은 조창조에게 가끔 물어보는 모양이다.

대결에서 어찌되었냐고..

"하하하 내가 졌다. 그것도 한방에 깨끗이 갔다 하하하"

그 일 후에는 모두가 나에 대한 인상들이 달라졌다.

난 그럴수록 철저히 내 자리를 지켰다.

운동도 소홀히 하지 않고 열심히 했다.

내 구역의 한 치라도 이상하거나 다른 징후가 있으면 가차 없이 처리했다.

무교동은 바에서 양담배나 하마끼(잎담배), 귤이나 김밥 등을 팔았으며 이 또한 잡상인들이 하고 있었다.

이런 것을 내 똘마니들에게 독점을 시켰다 다른 장사꾼들이 못 들어오게 한 것이다.

동생들을 보호해 주면서 보호자 역할을 해주었다. 그러다 보니 나와바리(장소 또는 지역구를 말함)가 커졌다.

난 그럴수록 아이들에게 잘해줬다. 내가 처음으로 서울에 왔을 때를 생각해서 더욱 챙겨줬다. 그러다 보니 똘마니들 식구도 늘어나고 모두 내 밑으로 오려고 한 것이다.

"형님 이번에 벌고 남은 것입니다"

"야 너도 힘들 텐데 먹고 남은 거만 조금씩 가져와"

"아닙니다. 이 모든 게 형님이 살펴 주신 덕인데요"

"맞습니다. 우리가 이렇게 편안하게 장사하고 무탈할 수 있게 해준 것이 모두 형님 덕인데요"

"그렇습니다. 그러니 너무 개의치 마시고 받아 주세요"

"알았다. 그래도 돈 많이 벌어서 장가도 가고 그래야지"

"장가는요 아직 어린놈들인데요"

"그럼 그렇게 늙어 죽을 때까지 이런 일 할 거냐 열심히 벌어서 벗어나야지"

"네 알겠습니다. 형님"

난 그렇게 그들에게 배고플 때 밥 사주고 일없을 때 취직시켜주고 머리 긴 놈은 이발하라고 돈을 쥐여주면서 동생들을 끔찍이 살폈다.

이러다 보니 서울에 살려면 아니 서울 바닥에서 성공하려면 오종철이를 찾아가라는 소문까지 나돌았다.

그렇게 나의 이름이 아니 나 자신이 굳혀지게 되면서 서서히 시선을 받게 된다. 어찌 되었든 그 세계에서 인정을 받는 건 그리 쉬운 게 아니기 때문이다. 절대적 위치에 오른 나에게 보스라는 타이틀이 만들어진 것이다. 그때 나이 20세였다.

세계 챔피언으로서 타이틀이 만들어진 것이 아니고 건달 보스로의 타이들이다.

저녁 늦게 전에 올랐던 인왕산에 올랐다.

저녁의 서울 풍경은 아늑했다.

어릴 적 무작정 상경한 꼬마 녀석.

운동화를 훔쳐 신고 도망치듯 서울로 올라왔던 꼬마.

이제 그 꼬마가 서울의 중심에서 보스가 된 것이다.

건달로 살자 하는 마음으로 살아왔다.

비록 권투 선수로 세계 챔피언의 꿈은 날아갔지만 어쩌겠냐. 이것도 사나이의 운명이란 것을....

서울의 밤하늘을 바라보면서 난 다짐한다.

"지금도 앞으로도 나의 세계는 무(武)의 건달 세계다, 의리를 지킬 것이며 약자를 도울 것이다"

무교동의 하루하루는 정신없이 지낼 정도로 바쁘게 지나가고 있었다. 무교동 다방에서 차 한 잔 마시려고 들어가니 여러 명이 앉아서 얘기들을 하고 있다가 내가 들어가자 모두 일어났다.

이들은 당시 지방에서 서울로 공부하러 온 유학파라고 할 수 있다. 당시에는 지방에서 서울로 유학 간다고 했을 정도다.

그중에 광주에서 온 학생들을 자주 봐온 터라 아는 척을 하는데 나도 인사를 하고 자리에 앉았다.

"오늘 친구 한 명을 소개할게"

"안녕하십니까. 나 김종학이오"

"나 오종철이오"

우린 그렇게 만났다.

김종학은 전라도에서 그 당시 유명한 아마 레슬링 선수였다. 딱 봐도 어깨가 딱 벌어지고 운동하는 사람이라고 생각이 든다. 오늘 김종학을 처음 만났지만 오랜 친구 같은 생각이 들었다.

물론 나중에 안 사실이지만 김종학이가 서울에서 주먹으로 출세를 하려고 상경해서 내 소문을 듣고는 접근한 거였다. 무조건 나에게 결투를 해서 나를 쓰러뜨리고 본인이 내 자리를 앉으려고 했던 모양이다. 그런 일이 일어난 사건이 있었으니까······

김종학은 서울에 올라오면서 친구들에게 알아본 모양이었다.

"내가 서울에 올라온 것은 광주에서 아무리 날고 긴다고 해도 서울에서 날고 있는 놈보다는 개천이지 그러니 서울 가서 용 대가리를 잡아야지"

"정말 그럴 거야?"

"그래, 나 진심이야."

"알겠어"

"서울에서 용 대가리가 누구야?"

"무교동에서 제일 잘 나가고 있는 오종철이란 친구인데 고향이 목포야"

"그래?"

"그럼 그놈을 소개 시켜줘 내가 그놈을 때려눕혀 버리면 내가 그놈보다 강자로 군림할 수 있으니까"

"자신 있어?"

"난 내 입으로 한 소리는 지킨다."

그렇게 생각한 김종학은 나에게 접근했던 것이다.

며칠 후 김종학하고 친구 녀석들이 나에게 다가와서는 자기들 하숙 집 쪽으로 놀러 가지고 제의가 들어온다.

"종철아, 이번 일요일 뭐하냐?"

"글쎄, 왜?"

"시간 나면 친구네 집에 놀러 가자, 재미있는 거 많다고 하던데"

"그래? 알았어"

그리고 일요일 난 친구 녀석들이 있는 곳으로 갔다. 동대문 쪽의 한옥 마을이 있는 한옥촌으로 집마다 기와집으로 잘 지어진 동네이며 오래된 곳이라고 생각했다.

"왔구나"

"어 그래 여긴 멋진 곳인데 기와집이 있고 옛날 무슨 왕들이 사는 곳 같다"

"여긴 한옥 마을이라고 그래 부촌이지"

"좋은 동네네…."

집 근처까지 오는데 집 앞에 넓은 공터가 눈에 들어왔다.

"야 종철아, 여기 좋지"

"응….."

"여기서 한번 맞상대해 볼까?"

"뭐? 너 미쳤냐"

"흐흐흐 미친 건 아니고"

"그래 종철아, 종학이 하고 한판 해봐라. 좋은 구경 좀 하게"

옆에서 다른 놈들이 더 부추긴다. 때리는 시어머니보다 말리는 시누이가 더 밉다는 말이 맞는 것 같다.

난 속으로〈이것들이 날 여기 오라고 한 용건이 바로 이거였군〉이렇게 생각이 들자 피할 생각이 없었다. 어차피 한번은 살아가면서 맞장을 떠야 할 상대라는 걸 안 이상 피하지는 않았다.

"그래 정 원한다면…"

저녁 8시쯤이었다.

전봇대의 가로등 불이 켜지고 주변은 이내 밝아졌다.

두 사람은 긴장을 한 듯 아무 말 없이 바라보고만 있었다.

누가 먼저라고 할 것 없이 상대를 파악하는 순간이다.

김종학이는 운동을 많이 해서인지 날 바라보는 눈초리가 우습게 보는 듯했다. 아니나 다를까 종학이의 선방이 먼저 들어 왔다.

이때 나의 주특기가 발휘한다. 빠르게 옆으로 피하면서 놈의 옆구리를 강타하고 턱을 날렸다. 종학이는 그대로 맞으면서 정신을 잃은 듯 땅에 고꾸라졌다.

"종학아!!"

"종학이가?"

"이게 뭐야?"

녀석들은 방금 보았던 상황이 믿어지지 않았던 모양들이다.

종학이는 정신을 차린 듯 일어서다가 비틀대면서 다시 쓰러지고 다시 일어서려는데.

"종학아, 네가 종철이한테 졌어"

"그래 한 방에 끝냈다 종철이가"

종학이는 아무 말도 하지 않았다.

본인의 계획이 무너지는 느낌이 들었을 테니까.

"간다…."

"아니 왜?"

"그러지 말고 오늘은 여기서 우리들하고 자고 내일 가라"

"그래 종철아 그게 좋겠다. 오랜만에 고향 친구들하고 한밤을 보내보자"

난 속으로 웃었다. 〈고향 친구하고 한밤을 보내자고? 녀석들 한판 뜨자고 할 때는 언제고〉 난 속으로 삼키고 그래도 고향 친구들인데 하는 마음에 그날 밤 친구 녀석들의 집에서 함께 잤다.

"자냐?"

"아니…"

"궁금한 게 있는데… 어떻게 종학이를 한방으로 보냈냐. 기술이 뭐야?"

"하하하 기술이라고? 그런 거 없어 그냥 내 몸에 맡기는 거지 무의식중에 나타나는 나만의 일종의 방어야"

"무슨 소리인지 난 아무것도 모르겠다."

"자자 피곤하다"

"그래"

"아무튼 오늘 고향 친구들을 봐서 난 기쁘다"

"우리도 그래"

밤이 더욱더 깊어지는 듯 멀리서 개 짖는 소리만 가끔 들려온다.

그 후로 김종학은 나에 대한 정보를 알려고 무던히도 노력한 모양이다. 다시 한번 도전(?)해보려는 마음인 것이다.

하지만 그게 어디 뜻대로 될 것인가.

난 매일운동을 했다 규칙적이라고 할까 왜냐하면 이 세계에서는 강자만이 살아남기 때문이다.

그 옛날 맹세했던 기억들이 있기 때문이다.

내 머릿속에서 지워지지 않은 단어들 복싱으로의 세계 챔피언.

그리고 건달의 세계에서의 챔피언.....

점점 더 멀어지기만 한 복싱으로서의 세계 챔피언..

그냥 내 꿈 저편에 자리를 잡고 있었다.

무교동의 밤.

거리는 항상 질척였다.

네온 불이 반짝거리고 술에 취한 사람들.

길에서 노래를 흥얼거리는 사람들.

자기 가게에 들어오라고 손님들을 안내하는 웨이터들....

"종철아, 너 추규명이라고 아냐?"

"글쎄···."

"아직 몰라? 그놈 광주에서 알아주는 녀석이야."

"······"

"광주에서 주먹의 최고라면 추구명이다"

종학이는 추규명을 입에 침이 마르도록 자랑을 늘어놓았다.

나 또한 그 소리가 듣기 싫었지만 궁금했다. 도대체 어떤 녀석이기에 종학이가 그렇게 자랑하는지 보고 싶었다.

"야 너도 그 녀석이 궁금하지?"

"······"

"궁금할 거 없다 놈을 만나러 가자"

"······"

"아 뭐해? 일어서"

난 종학이를 따라나섰다.

여심 음악다방.

문을 열고 들어가니 많은 사람이 있었는데, 〈여심〉은 광화문 국제극장 뒤에 있는 유명한 음악다방이다. 커피 한잔이 비싸고 아마도 중산층들이 드나들던 고급 음악다방이다.

팝송이 흘러나오고 사람들은 알아서 노래를 따라 부르는지 그냥 아는 척하려고 부르는지 중얼거린다.

난 일단 다방의 분위기를 보고는 나가려고 하는데 뒤에서 소리가 들린다.

"야!! 00할 놈. 서울놈들 다 때려죽여!!"

이게 무슨 소리야 하고 돌아보니 그놈하고 몇 명이 있었다.

눈에서는 금방이라도 미친 소를 때려잡을 백정의 모습처럼 하고 말이다.

"지금 나한테 하는 소린가?"

"흐흐흐 그래 이 미친 서울놈의 새끼야"

"뭐야 이런 개새끼들!! "

"왜 겁나냐? "

"이리 나와!!"

난 그들과 대치했다. 추규명, 준섭이, 김성호. 그들은 추구명과 함께 준섭이, 김성호란 친구이며 광주에서 이름깨나 날린 주먹들이다. 난 3 대 1이라는 상황 속에 나름대로 계산했다.

놈들을 한 방에 쓰러트리지 못하면 내가 당한다. 그리고 맞붙었다. 누구라고 할 것 없이 동시에 시작되었다.

난 마찬가지로 추구명을 먼저 쓰러트리고 번개같이 준섭이와 성호마저 쓰러뜨렸다. 웅성거리는 사람들을 피하면서 그리고 우리는 얼른 그 자리를 벗어났다.

경찰백차가 오기 전 자리를 뜨는 것이 상황에 좋으니까.....

아니나 다를까 벌써 누가 신고했는지 백차의 소리가 멀리서 들려온다. 그렇게 일은 마무리되었다.

시간이 흐르고 바쁘게 보내던 날에 김종학이가 찾아왔다.

"바빠?"

"그렇지 뭐, 오랜만이야!"

"응, 광주에서 애들이 올라왔어."

"그래?"

"규명이가 올라왔어 널 보자더군"

"날?"

"응"

난 추규명이가 광주에서 올라왔다는 소리를 듣고는 이 자식이 지난번 복수를 하려고 온 거야? 생각하고 있을 때 추구명이 나타났다.

"오랜만이야!"

"그래 올라오느라 고생했다"

"광주에서 생각했다 너란 놈하고 친구 하면 좋겠다고 그래서 서울 올라온 김에 널 보자고 했던 거야"

"그래, 잘 왔다."

우린 서로 악수를 하고 친구가 된 것이다.

그렇게 규명이하고 친구가 되면서 가끔 서울 올라오면 나한테 연락하고는 그때마다 우린 만나서 회포를 풀곤 했다.

여기서 잠깐 지방의 주먹들과 추규명의 얘기를 안 할 수가 없다.

부산은 당시에 밀수가 엄청나다시피 하였으며 어시장, 항만시설 유흥업소 등 많은 이권이 형성되어 건달들이 많았다.

부산의 칠성파와 20세기 파가 양분되어 있었으며 칠성파에는 이광섭 씨가 대장을 하면서 나중에는 강환이에게 넘겨준다.

20세기 파는 김동훈 씨 "차이나"로 불리면서 유명한 분이 조직을 운영했다.

지방 건달들은 고향에 자기의 부모나 형제들이 있어서 그들의 방식은 주로 아마추어라고 할 정도였다.

물론 나중에 전국의 주먹패들이 많아지고 이권이 생기는 등 칼잡이들이 생기면서 이야기는 달라진다.

하지만 서울의 경우는 완전히 다르다고 볼 수가 있다.

당시 객지에서 단신으로 올라와서 맨몸으로 부딪치는 것 외에는 할 수 있는 것이 없었기 때문에 악착같이 버티면서 살아가야만 했다.

살아가는 자체가 먹고 사는 것과 생존의 법칙으로 살아야 하므로 젊은 기백으로 한번 폼을 잡고 끝나는 것이 아니라 죽기 아니면 살기라는 생존경쟁에 한가운데 있는 것이다.

주먹으로..

살아가는 인생..

그런 인생들이 밥 먹기 위해 생존하기 위해 피 터지고 살아가는 사나이들의 이야기인 것이다.

이쯤에서 광주에서는 추규명을 통해 광주의 실세를 보게 된다.

광주에서 전희장과 심백학이와 서로 맞짱을 뜨게 된다.

전희장은 광주의 중심가인 충장로에서 알아주는 실세로 통한다.

그의 밑에 있는 조직들은 기라성 같은 조직력이 대단하다.

그런 조직에 추규명이 있었다.

전희장, 김성호, 추규명 그리고 명구 이렇게 서열이 정해진 것이다.

심백학 쪽에는 대인동 출신으로 광주역을 중심으로 활동하는 조직이다.

심백학 쪽에는 사창가가 있으며 근처에는 동아 다방, 대호 다방

등이 있다.

이들은 우연히 다방에서 서로 맞닥뜨린다.

"이게 누구야 왜 여기서 얼씬거리는 거야?"

백학이 동생인 심요한이가 나선다. 그렇게 전쟁이 터진 것이다.

규명이는 전희장의 똘마니라 선봉에 서게 되었으며 또한 나에게 연락이 와서는 당시의 사실을 얘기하게 된다.

"종철아, 내 직계 선배가 있는데 양쪽 다 서로 친하다 보니 이러지도 못하고 저러지도 못할 형편이다"

말인즉슨 중립을 지키겠다는 거였다. 그러니 나보고 좀 도와 달라는 뜻이 아닌가. 사실 건달들의 인맥이 이러한 경우가 허다한 것은 사실이다. 그래서 어찌 되었든 규명이의 요청으로 광주로 내려가게 된 것이다.

물론 내려가서 싸움에 뛰어들진 않았지만, 처음부터 끝까지 보고 듣게 되었다.

전희장이 여관에 있다는 정보를 들은 백학이 똘마니들이 습격한다. 그리고 그를 향해 칼을 놓는데 전희장이 이불로 몸을 싸버린다. 그렇게 몇 군데의 칼을 맞고는 몸을 피하면서 본인의 밑에 있는 애들한테는 표를 내지도 않고 다음 날 유유히 충장로에 나타난다.

대단한 사람이구나 생각했다.

전희장은 규명이와 내가 충장로에 나온 것을 보고는 한마디 한다.

"내가 칼을 맞았는데 넌 가만히 있는 거냐?"

그러자 규명이가 다급히 나를 소개한다.

"서울에서 온 친구입니다 "

"서울?"

"오종철입니다"

전희장은 나를 빤히 바라본다.

"오종철.. 그래 네 얘기 많이 들었다. 주먹이 세다며?"

"그렇지 않습니다"

"하하하 아냐 다 알고 있어 걸리면 한 방에 보낸다는 거"

그렇게 나에 대하여 다 알고 있는 듯했다.

그 일 후에 전희장 측근인 성호도 칼을 맞는다.

당시 성호는 건달의 전쟁 중이라 항시 칼을 차고 다녔는데 마침 그날 후배 집에서 장기를 두고 있었다. 물론 칼들을 한쪽에 놔두고 말이다. 이때 정보를 듣고는 심백학 요한이가 들이닥치게 된다.

"네가 성호야?"

"그래"

성호는 분위기에 아차 하는 낌새를 느끼고는 칼을 찾았지만, 요한이의 손이 빨랐다. 요한이는 성호의 눈과 허벅지를 찌른다.

당시에 성호는 기소 중지에 칼을 맞은 거였다. 그렇게 대세는 심백학의 대인동파가 승리한다.

이후로 대인동파는 광주의 모든 실권을 갖게 된다.

들리는 말로는 요한이는 바로 서독 광부로 떠나고 전희장도 광주를 떠나 부산으로 가게 된다. 그 후 전희장은 어디로 자취를 감추는데 그 이유는 아무도 모른다.

이것이 전국에서 처음으로 있었던 광주의 칼 전쟁이다.

칼은 칼에 의해 망한다고 했던가.

그렇게 지방에서 잘 나가던 심백학이도 칼에 맞는 사건이 벌어진 것이다.

추규명의 아우인 승오라는 녀석이 심백에게 칼을 놓은 것이다.

그러고 보면 그전에는 정말 맞짱을 붙게 되면 사나이와 사나이들의 대결이었다.

서로를 바라보고 단 한방에 주먹으로 승부를 거는 거였다.

어찌 보면 그 시절은 진짜 건달의 세계이며 사나이들의 세계인 것이다.

규명이는 승오를 나에게 피신시키며 부탁을 하지만 승오는 답답하다면서 며칠을 있다가는 도망가 버린다.

규명의 모사로 인하여 잘나가던 심백학을 모사하여 정리한 것으로 보이며 그 사실을 알게 된 광주의 건달들이 규명에게도 칼을 놓게 된다.

난 규명에게 칼을 놓은 놈을 찾아 심하게 혼내주었다. 하지만 나중에 모든 사실을 알게 된 나는 추규명이 비열한 인간이라는 것을 알게 되었다.

인간이란 왜 그런 걸까.

자신의 비열함을 숨기고 자신의 이익만을 추구하는 인간들..

그런 인간들은 사내라고 말할 수 없다.

또한 건달이라는 단어를 쓸 자격이 없는 것이다.

그렇게 규명이의 만남이 되었던 것이다.

한창 바에서 바쁘게 일하고 있는데 규명이가 찾아왔다.

"종철아 시간 있냐?"

"응"

"서울역 앞에 좋은 선배 한 분이 있는데 같이 한번 만나러 가자 내가 꼭 널 소개해주고 싶어서 그래"

"어 그래? 알았어"

우린 서울역 앞 한진 고속버스터미널 안에 있는 건물 뒤쪽 지하에 있는 서호다방으로 내려갔다. 담배 연가가 꽉 찬 모습이 무슨 새벽 바다에 있는 안개 같았다. 뿌연 담배 연기 속에 규명은 한 사람 앞으로 가더니 인사를 한다.

"형님 "

"왔냐?"

정학모.

그는 먼 훗날에 정치권에 들어간다. 그리고 또한 친구가 있었는데 그의 이름은 이경헌 이란 친구다. 두 사람은 무척이나 대조적으로 한사람 정학모는 신사 타입이며 이경헌이란 친구는 듬직한 청년이었다.

"서로 인사하지. 난 정학모라고 하네"

"난 이경헌입니다"

"오종철입니다"

"오~ 오종철, 무교동을 평정했다는 그 친구 아닌가?"

"평정이라기보다는 어찌하다 보니 그렇게 되었습니다"

"하하하 겸손하기는 자네 소문은 잘 듣고 있네. 최고의 주먹이라고. 자네한테 걸리면 한 방에 끝낸다고 하던데 사실인가?"

"……"

옆에 있던 규명이가 나선다.

"저도 그렇게 된 거죠. 한방에 하하하"

그 소리에 가만히 듣고 있던 이경헌의 눈이 빛났다.

물론 아무도 눈치를 채지는 못했지만 난 볼 수가 있었다.

여기서 정학모라는 인물을 소개하면.

신흥대학(경희대 전신)의 체육과 출신이면서 학생학우회를 좌지우지할 정도의 막강한 힘이 있었다.

정학모는 싸움에 대하여는 할 줄을 모르지만, 지략이 뛰어난 것으로 알고 있다.

삼국지에서 말하는 조조 같은 인물이다.

그는 다른 사람처럼 우직하지는 않았으면서 본인만이 갖고 있는 머리를 최대한 활용하여 자기편으로 만들고 쓸모가 없으면 가차없이 버리는 성격으로 우리의 세계하고는 안 맞는 인물이다.

또 다른 인물로 이경헌이 있다.

신장은 179센티의 훤칠한 키에 어깨가 딱 벌어지고 누가 봐도 장골인 듯한 모습이다.

얼굴형은 칼자국이 나 있으며 학사 시절 교내 주먹 조직인 일신 조직을 찾아갔으나 전라도라는 이유 하나만으로 텃세를 당하지만 이경헌은 그들을 모두 박살을 내고는 학교에서 퇴학을 당한다.

이경헌은 해남 출신으로 말이 없고 행동으로 앞서가는 남자 중의 남자라고 할 수가 있다. 약자를 절대로 건드리지 않는 진짜 건달이며 나하고는 평생 동지로 남는다.

이렇게 인연은 돌고 돌면서 만나고 헤어지고 배신을 하고 그렇게 세월은 유수같이 흘렀다.

　조명이 휘황찬란하게 빛나는 무교동의 밤.

　"어서 오십시오~ 몇 분입니까? 이쪽으로 오세요"

　웨이터 녀석들이 일은 참 잘하는 것 같다.

　음악이 흐르고 바의 분위기는 매혹적으로 흘러간다.

　그래도 내놓으라고 하는 중산층들이 찾는 곳이다.

　나는 한쪽에 자리를 잡고 앉았다.

　"오라버니, 나 오늘 술 한 잔 사줄 수 있어?"

　바에 나오는 숙희란 여자애다.

　"……"

　"아이 오라버니"

　그러자 옆에 있던 다른 여자들이 나선다.

　"야야, 오라버니가 네까짓 게 눈이 들어오겠냐. 나 정도는 돼야지"

　"어머 기가 막혀서 우리 오라버니가 얼마나 멋진데 언니 같은 늙은 여자를 누가 좋아한다고."

　"뭐야 이게"

　난 그런 소리에 귀찮아서 자리에서 일어나 밖으로 나왔다.

　그러자 옆에서 듣고 있던 석이 똘마니 한 녀석이 웃으면서 여자들에게 다가간다.

　"야 이것들아 너희 장사할 생각은 안 하고 뭐 어쩌고저쩌고해 이것들이 진짜 형님이 너희들한테 관심이나 있는 줄 아냐?"

　"왜? 우리가 어때서"

"형님은 여자보다는 오직 이거야" 하면서 녀석이 주먹을 불끈 쥐어 본다. 여자들은 눈이 휘둥그레지더니.

"그래도 남자인데 여자를 싫어할까?"

"애들아 난 어떠냐?"

"어이구, 다른 데 가서 알아보셔"

밖으로 나온 나는 무교동을 거닐었다.

네온사인들이 돌아가고 많은 사람이 거리를 활보한다.

사랑하는 여자를 만나다

사랑하는 여자와 신혼을 꿈꾸며..

그 후에 난 무교동에서 주먹으로 살아가면서 한 여자를 사랑하게
된다. 당시에는 무슨 예식장에서 성대하게 결혼식을 할 형편도 안
되었고 또 건달로 살아가면서 그렇게까지 알리고 싶지도 않았다.

냉수를 떠 놓고 초졸 하게 시작된 살림이었다.

"미안하오"

"아니에요….."

"내 나중에 돈 많이 벌어서 성대하게 하리다"

"괜찮아요….."

"형님 그 약속 꼭 지키세요. 형수님한테요"

"알았다 이 녀석들아"

그렇게 우린 작은 신혼의 단꿈을 꾸고 있었다.

여자를 아내로 맞으면서 나의 생활도 습성도 달라져야 한다는
걸 깨달았다.

늦은 저녁 아내가 나에게 할 얘기가 있다고 해서 일찍 들어왔다.

"이제 오세요?"

"응…"

"……"

아내는 아무 말도 안 하고 그저 날 빤히 내 얼굴만 바라보는 거였다.

"무슨 일 있어?"

"……"

"왜 그래? 누가 당신에게 뭐라고 하는 놈들 있어?"

"아니요"

"그럼?"

"당신 이 일 그만두면 안 돼요?"

"내 일?"

"네… 건달 생활 말이에요"

난 놀라고 충격을 받았다.

아내 입에서 왜 그런 소리가 나올까 하는 것을 생각했다.

"생각해 보지"

"그래요. 지금 당장 당신보고 그만두라고 안 할게요"

"……"

그리고 며칠을 고민에 빠졌다.

난 인왕산에 올랐다.

많은 생각을 했다.

서울의 거리가 한눈에 들어온다.

건달로서의 생활을 한 지가 오래된 지금 그걸 그만두라는 아내.

어떻게 해야 할 것인가를 결정해야 한다.

아내를 처음 만났을 때가 떠오른다.

목포에서 동생 녀석 하나가 연락이 왔다.

나하고는 어릴 적 동네에서 놀던 녀석이다.

"형님, 잘 계시죠?"

"그래 잘 있나?"

"네 형님 목포에는 언제 내려오십니까?"

"내려갈 시간 없다. 여기가 워낙 바빠서 말이야."

"그래요, 한번 내려왔으면 좋은데요"

"왜 무슨 일인데 무슨 큰일 났냐?"

"큰일은 아니고 제가 서울 가겠습니다"

"그래? 알았다"

난 고향 동생 녀석이 왜 그렇게 급하게 내려오라는지 몰랐지만 내려갈 수가 없었다. 서울 무교동에서의 내 위치가 자리를 비울 수 있는 것이 아니기 때문이고 또한 정확한 이유 없이 고향에 간다는 것도 맘에 걸렸다.

음악이 흐르는 다방.

담배 연기가 꼭 차 있고 사람들은 여기저기 또 듣고 얘기하고 정신이 없는 듯 보였지만 그래도 서울의 유명 음악다방이라 그런지 분위기도 좋았다.

난 문을 열고 안으로 들어갔다.

"형님 여깁니다"

"어 그래, 응?"

난 녀석의 앞에 앉아 있는 미모의 여성을 발견했다.

"누구시지?"

"형님 인사드리겠습니다, 저희 누님이십니다"

"누님?"

"네"

"안녕하세요. ○○○입니다(이름을 밝힐 수 없는 점 이해하시기 바랍니다)" 난 인사를 하는 그 여성을 가만히 바라보았다.

무척이나 귀엽고 예쁜 여성이라고 생각했다.

"안녕하세요. 오종철이라고 합니다"

"형님 저희 누님인데 형님께 소개해드리려고요"

"아 그래, 너 지난번 집에 무슨 일이 있던 거냐? 아니면 목포에서 무슨 일이 있었던 건지"

"아닙니다, 누님을 형님께 소개해드리려 내려오시라고 했던 겁니다. 누님이 서울 가기가 무섭다고 하셔서요"

"아 그랬나?"

"죄송합니다"

"아 아닙니다…"

녀석은 그렇게 다짜고짜로 자기의 누님을 나를 소개해 주었다.

맑은 바람이 어깨와 얼굴을 스친다.

남산에 올랐다.

남산에서 바라보는 서울의 풍경은 하나의 수채화라고나 할까.

"저기 보이는 곳이 서울의 젖줄이라고 하는 한강입니다"

"아 한강이군요"

"저기가 한강 다리입니다, 6·25 때 저 다리가 끊어지고 북한 놈들이 다리를 못 건너가서 애태운 다리죠, 아마 그 당시에 피난 행렬도 저 다리를 건너기 위해 엄청나게 고생했던 다리입니다"

"네"

"나도 서울에 처음 왔을 때 저 다리를 건넜었죠"

난 왜 그렇게 한강 다리에 관해 설명했는지도 모른다.

어릴 적 목포에서 기차 타고 노량진에서 내려서 한강 다리를 걸어서 건넜던 기억이 다시 떠오르는 것은 무엇일까...

"여기를 자주 오시나 봐요?"

"아뇨 가끔 생각이 나면 여기 와서 옛날 생각을 하곤 하죠"

"정말 아름다운 곳이에요 한강 다리의 아픈 추억만 빼고요"

"그렇죠…."

남산의 하늘 아래에서 우리의 사랑은 싹트기 시작했다.

초졸 하게 차려진 술상.

아내가 나에게 술 한 잔을 따라준다.

연거푸 몇 잔을 마신 나는 아내를 바라보았다.

"무슨 생각을 하세요?"

"당신을 처음 만났을 때를 생각했소"

"아…"

"여보, 나 그만두겠소"

"네?"

"건달 생활을 그만두겠소"

"여보"

"당신 말대로 건달 생활을 그만두고 장사를 해볼 생각이오"

"여보…"

아내의 눈에 눈물방울이 고였다.

난 싸움이나 건달 생활을 청산하고 장사꾼으로 성공하겠다는 마음을 먹었다. 나를 따르던 녀석들은 펄쩍 뛰겠지만.

"형님"

"응? 종철아, 웬일이냐?"

"형님 장사 좀 하려고 하는데 자리 좀 알아봐 주세요"

"장사?"

창조형을 찾아갔다. 그리고 장사를 할 수 있는 곳을 알아봐 달라고 했다. 창조형을 비롯해서 모두 놀라는 눈치였다.

"하하하 너 제수씨에게 잡혔구나"

"아닙니다. 결혼도 하고 보니 건달보다는 떳떳이 벌어 보려고요."

"하하하 그래그래, 그것도 나쁘진 않지 하지만 언제든지 돌아와라"

"……"

난 창조형이 소개해준 염천교 중앙시장에서 야채 장사를 하게 되었다. 건달 생활을 접고 새로운 또 다른 나의 꿈을 향한 시작이었다.

"야채 있습니다. 싱싱한 야채입니다"

아내는 목이 터져라 소리를 지른다.

"야… 채… 있어요…."

이거 참 뭔가 이상하다.

난 잘 안 된다. 그렇게 시작한 장사는 얼마 못 가서 그만뒀다.

장사에 소질이 없는 건지 그냥 다 날렸다.

여하튼 물고기는 물에서 놀아야 한다는 옛 어르신들의 말이 맞는 것 같다. 아내의 실망스러운 표정으로 내 마음은 매우 씁쓸해지고 그렇게 또 다른 세계의 나의 장사의 꿈은 날아갔다.

창조형에게 연락이 왔다. 날 보자고 한다.

"왔냐? 하하하 장사는 잘돼?"

"알면서 그럽니까"

"난 잘되기를 바랐다"

"진심입니까?"

"하하하"

"왜 오라고 한 겁니까?"

"응, 다른 게 아니고 상인연합회 조합을 결성하려고 한다."

"상인 조합요?"

"그래, 그거를 네가 맡아 줬으면 해서"

창조형은 이권인 시장 경비권을 우리에게 맡긴다는 것이다.

그래서 나와 경헌이, 용운이(떠벌이)와 같이 시장 경비를 하게 되었다.

당시에는 소매치기가 참 많은 시기였다.

서울을 비롯한 전국에는 쓰리꾼(소매치기)이 너무 많아 골치 아플 정도였으니까 말이다. 소매치기의 근절이 안 되는 것은 경찰하고의 밀착한 관계가 있기 때문도 있었다. 그것은 서울 서대문 특수반 반장이던 최중락 형사가 있었고 놈들은 경찰서에 상납(?)하면서 보호를 받고 있었기 때문이다.

"어머나 내 지갑이 없어졌어요"

시장 안의 사람들은 웅성거린다.

그때 한 놈이 눈치를 보더니 냅다 도망을 치는 거였다.

"저 새끼 잡아"

나의 외침에 용운이를 비롯한 우리 쪽 애들이 놈을 추격한다.

놈을 붙잡고 보니 쪼그만 녀석이었다.

"이거 놔요"

"이 새끼가 어디라고 큰소리치는 거야"

"흥, 재수가 없으려니까"

놈을 잡아서 한 대 쥐어박는데 누군가 우리 쪽으로 걸어오는 사람이 있었다. 최중락 형사였다.

"뭐하나?"

"…소매치기한 놈을 잡았습니다"

"소매치기? 잘했어 이런 놈들 때문에 골치 아팠는데"

잡힌 놈은 최중락 형사를 보더니 이내 안심이 되는 모양이었다.

우리에게 잡혀봤자 얻어터지고 만신창이가 될 거를 뻔히 아는 놈이니까, 최중락 형사에게 잡혀가서 풀려날 테니 안 봐도 다 아는 현실이었다. 울며 겨자 먹기로 놈을 최중락 형사에게 인계했다.

"한 번만 더 이곳에 얼씬거리면 다리몽둥이를 부러뜨리겠다."

경헌이가 놈 뒤에다 하는 소리에 놈은 뒤돌아보더니 피식 웃고는 최중락 형사와 가버린다. 이렇게 중앙시장은 쓰리꾼(소매치기)의 황금 시장이었다.

모두 현찰을 들고 오는 사람들이니까 놈들도 눈에 불을 켜듯 이쪽을 넘보는 거다.

특히 반대파에 있던 놈들은 레슬링을 하던 만수파, 서울역 앞에서 활동하는 씨름 선수 출신의 상봉이파 놈들까지 합세하여 여기를 넘보았다. 남대문파, 사대문파 등 놈들은 그렇게 시시각각으로 우리를 넘보았다.

어느 날 서울역의 상봉이파 놈들이 찾아왔다.

"에이, 이곳에 주인이 누구야?"

"넌 누구야?"

"알 거 없고 대장 나오라고 해"

"병신 같은 새끼"

"뭐야?"

"여기 장사하시는 분들이 계시니까 이쪽으로 와라"

경헌이는 상봉이파 놈을 데리고 경비 사무실로 유인한다.

"뭐야? 할 얘기가"

말이 끝나기가 무섭게 경헌이가 놈의 턱을 날려 버린다.

그대로 쓰러지는 상봉이파. 놈이 일어나자 다시 머리와 이마로 놈을 들이받는다. 이 과정에 경헌이의 턱과 이빨이 다쳤다.

며칠 후.

형사가 우리 쪽으로 찾아왔다.

"여기 이경헌이 누구야?"

"왜 그러시죠?"

"넌 누구야?"

"오종철인데요"

"네가 여기 대장이야?"

"여기 경비 책임을 맡고 있는 사람입니다"

"넌 빠져 이경헌이 누구야?"

"전 데요"

다짜고짜 이경헌을 데리고 가는 형사.

놈들은 만수파하고 합세하여 우리를 사업에서 손 떼고 이곳을 몰아내려고 고발을 했다. 지금껏 이 시대에 건달들끼리의 결투에서는 고발과 고소는 있을 수 없는 것이고 하나의 규칙이라고 할 수 있었다. 그런데 그것이 깨진 것이었다.

그러니까 이것이 시발점이 되어 고발과 고소가 시작된 것이다.

참담했다.

경헌이가 형사에게 잡혀가고 해서 그래도 경헌이를 빼내려고 돈을 들고 서대문 경찰서로 향했다.

"이게 누구야 오종철 아냐?"

"안녕하세요"

날 바라보고 아는 척하는 건 최중락 형사였다

난 속으로 생각했다.

〈버러지 같은 놈〉

"여기 왜 왔어?"

"지난번에 중앙시장에서 잡혀간 이경헌이를 보러 왔는데요… 우리는 시장에서 소매치기를 쫓아내는 일만 해서 아무 잘못도 없습니다"

"뭐야? 아무 잘못도 없어? 야 이 새끼들아 죄 없는 사람을 그렇게 패서 얼굴을 그렇게 만신창이처럼 만들어 놓고 아무 잘못도 없어? 이런 깡패 같은 새끼들"

"아닙니다. 먼저 그쪽 놈들이 시비를 걸어와서 시장에서 소란을 피우기에…"

"소란을 피웠다고 그렇게 얼굴을 망가트려 놔? 이런 새끼들이 네 놈들도 똑같은 새끼들이야. 야!! 저놈들도 같이 공범으로 구속 시켜!"

우린 그렇게 공범으로 몰리면서 구속되었다.

참 어이가 없었다. 아니 그 시절이 그랬다.

시장 폭력배로 둔갑을 해서 죄명이 씌어 진 것이다.

억울해도 어디에다 하소연할 데도 없고 답답하고 미칠 지경이지만 어쩌겠나. 이것도 하나의 운명인데...

이 길을 청산하고 장사를 하겠다고 했지만 결국은 이렇게 되는구나 하는 생각과 집에 있는 아내 생각에 그저 망막할 따름이었다.

국토 건설단에 끌려가다

국토 건설단에 끌려가다...

국토 건설단으로...

이름만 들으면 멋진 일을 하는 곳이라고 착각이 들 정도다.

하지만 이곳이 어디인가. 박정희 정권하에 이정재와 전국에 내놓으라고 하는 주먹들이 잡혀가서 사형당하고 끌려가서 국토개발대에 보내져 도로, 철도를 건설하는 곳이다.

제주도의 5·16 도로도 그 당시에 깡패와 건달 그리고 아무 죄 없이 끌려온 사람들이 만든 도로다.

가끔 제주도에 가서 그 도로를 지날 때면 그 시절의 어려웠을 때가 생각난다. 그들도 그렇게 끌려와서 이곳에서 삽과 곡괭이만을 들고 죽어라 일했겠지 하는 마음에 가슴이 먹먹해진다.

이번에 그러니까 두 번째로 만들어진 국토개발단이다. 여기에 우리가 걸려든 것이다. 참 운명도 알 수가 없는 것이다.

우리는 전남 나주에 배치가 되었다. 군대식으로 엄청나게 경비가 센 곳이다.

1, 2중대는 서울, 3, 4중대는 충청, 5, 6중대는 전라도 이렇게 배치되고 보니 많은 사람이 잡혀 온 것이다.

우리는 서울에서 잡혔으니까 1중대에 속해 있었다. 1중대는 말 그대로 독종들만 있는 것으로 문제 애들이 많이 있었다.

작업장에서는 경찰들이 총을 들고 장전까지 해 가면서 우리를 감시하고 지켰다.

무슨 서부 영화도 아니고 그 당시에는 엄청난 경비였고 무슨 사고라도 나면 안 되니까. 아니지 여기서 탈출하려고 할 때 그냥 쏴 버리려고 하는 것이겠지만. 어차피 사회에서 버린 받은 쓰레기들이라고 그들은 그렇게 생각했으니까 당연한 거겠지만.

사건이 터졌다.

"야 너 뭐야? 여기서 왜 담배를 꼬나무는 거야?"

"왜, 피면 안 되는 거야?"

"당장 꺼"

"싫다면?"

그 소리와 함께 개머리판으로 맞은 놈은 고꾸라진다.

"다들 이놈처럼 되기 싫으면 똑바로 해 이 새끼들아"

경비대장의 말에 아무 소리도 하지 않았다.

따스하게 내리쬐는 햇살 아래 점심을 먹고 휴식 시간이다

"야 볼펜 좀 빌려줘"

하는 소리에 보니 지난번 경비 대장한테 맞은 놈이다.

경헌이는 소란을 피우기 싫어서 볼펜을 빌려줬다.

그리고 놈은 볼펜을 경헌이에게 주지 않고 그대로 가버린다.

"야 볼펜!!!"

놈은 들은 척도 안 하고 그냥 가버린다.

화가 머리끝까지 난 경헌이는 참지를 못했다.

"야, 이 새끼야 볼펜 달라고!"

"볼펜? 없어 이 새끼야"

"네가 빌려 갔잖아"

"내가 언제?"

"이런 개새끼!!"

경헌이가 누구인가.

그래도 경헌이는 학사 출신이면서 서울의 내놓으라 하는 주먹잡이 아닌가. 그리고 항상 옳고 그른 것은 파악하는 성격 아닌가.

놈이 잘못 걸렸다.

"이 새끼!!!"

하면서 경헌이가 놈의 옆구리를 쳤지만, 놈은 간지러운 듯 씩 웃고는 경헌이를 노려보고 있었다.

순간 경헌이 얼굴을 보니 당황한 듯이 보였다.

원래 싸움꾼은 한방에 실패하면 끝이다는걸 경헌이도 아는 것이다.

일단은 정신적으로 패한 것이니까. 놈이 경헌이 쪽으로 걸어오는 게 내 눈으로 보였다.

다른 사람들은 구경거리인 양 모두 무심하게 보는 것이었다.

그들도 한때는 싸움에서 날고 기는 자인 것을. 분명 경헌이가 졌다고 생각했을 것이다.

난 속으로 생각했다.

내가 나서야겠다.

놈은 거구다.

100㎏이나 나가는 몸을 갖고 있었다.

"야!!!"

"나 불렀냐?"

난 말 대신에 몸을 날려 놈의 턱을 강타하자 놈이 휘청거릴 때 무릎으로 놈을 내려찍었다. 나의 주특기 아닌가.

놈은 그대로 쓰러진다.

쿵 하고 쓰러지면서 먼지가 주변에 날렸다.

사람들은 모두 놀라서 멍하니 쓰러진 놈을 보고 또 나를 번갈아 보는 것이었다.

아니나 다를까 소란을 피웠으니까 경비병이 달려왔다.

"무슨 일이야?"

"……"

이때 사람이 모두 쓰러진 놈을 향해서 큰소리쳤다.

"저놈이 나쁜 놈입니다. 먼저 시비를 걸었고 그래서 이 사람이 그 사람을 저렇게 한 것입니다"

경비병은 나를 힐끗 보더니.

"사고 치지마… 자 다들 일해 휴식 끝났어."

우리는 아무 일 없는 듯 일터로 향했다.

그 일이 있고 난 뒤에 사람들의 나에 대한 태도가 달라졌다.

경헌이 나이 25세. 내 나이 24세 때다.

이곳은 대한민국의 쓰리꾼(소매치기) 영호파 두목, 청량리, 종로 무교동 가릴 것 없이 내놓으라 하는 건달, 깡패 두목들이 다 모여 있는 곳이었다.

난 완장을 차게 된다.

소대장이라는 완장.

"야 이 새끼야 내 물건 안내놔!!"

"이런 개새끼 내가 네놈 물건을 어떻게 아냐?"

"뭐야 이런 쓰리꾼 같은 새끼 네놈이 쓰리꾼이면서 그걸 몰라?"

"뭐야?"

한바탕 소란이 벌어졌다.

물건을 놈이 슬쩍 한 모양이다. 개 버릇 남 못 준다는 말처럼 여기까지 들어와서 실력(?) 발휘를 한 모양이었다.

치고받고 하여튼 개판이었다.

"야!! 누가 여기서 싸움질하래!!"

"저 새끼가 내 물건을 슬쩍 했잖아"

"내가 언제 네가 봤어? 이 새끼야"

난 가만히 듣고 있다가.

"줘!! 조용히 얘기할 때"

"…에이 씨팔"

하면서 놈은 물건을 꺼내 상대방에게 주었다. 내 성격과 지난번 사건 때의 실력을 본 것이기 때문이다.

이렇듯 이곳에서는 작은 사건들이 끊임없이 일어났다.

전국의 사고뭉치들과 전국의 깡패들이 있는 곳이기 때문이다.

내가 소대장으로 있는 덕분에 경비대장을 비롯한 모두가 편안한 시간을 보내고 있었다.

그렇게 3개월이란 시간을 보내고 난 드디어 모범수가 되어 형기를 마치고 국토건설단에서 나오게 된다.

"잘 가슈!!"

"형님, 밖에서 보면 아는 척 좀 합시다"

"나도 나가면 찾아갈 테니까 그때 봅시다"

나는 그 사람들을 뒤로하고 오랜만에 자유의 공기를 느끼며 마음껏 숨을 내쉬었다.

그때 경헌이도 국토건설단에서 같이 나왔다.

달리는 열차.

창가에 스쳐 지나가는 가로수들.

목포에서 서울로 상경할 때도 이런 장면들이 있었지.

그때는 많은 꿈을 안고 열차의 풍경을 바라보지 않았던가.

밖을 보니 풍경은 그대로다.

예전 모습을 간직한 채.

그런데 난 지금 무엇인가,

지금은.....

난 서울로 돌아오면서 많은 생각을 하고 있었다.

"저 이것 좀 드세요"

앞에 앉아 있던 아주머니가 계란을 하나 건넨다.

"감사합니다"

무의식중에 받았다.

그러자 옛날 생각이 스쳤다.

당시에도 사촌 동생과 어린 나이에 무작정 기차를 타고 올라올 때 같이 타고 가던 할머니가 계란 하나를 집어 주던 생각이 떠올랐다.

난 창가를 바라보면서 계란을 입에 넣었다.

뭉클하는 생각이 나서 눈물이 흘러내릴 뻔했다.

어머니 생각이 난 것이다.

날 무척 사랑했던 어머니.

그런 어머니에게 효도 한번 못해보고....

눈물이 나는 걸 참고 또 참고 창가에 몸을 기댄다.

무교동에 다시 입성

다시 무교동으로 돌아오다.

무교동으로.....

난 무교동에 오랜만에 나갔다.

많이 변해 있었다.

"오랜만이다 종철아"

"창조형"

"고생했다"

그렇게 그날은 오랜만에 회포를 풀었다.

지난 시간을 서로 얘기하면서.....

1969년도 퇴계로와 을지로 명동은 그야말로 서울의 중심이다.

이곳을 장악한 이는 신상사라는 인물로 명동의 대장이다.

서울 출신으로 신상사는 특무대 사병 출신이었고 또 김재두라는 사람이 있었는데 한마디로 배짱이 다른 사람과 달랐다.

이 사람 밑으로 레슬러 선수 출신이 조직화 되어 있으며 남수, 철수, 동수 등 막강한 주먹계 출신들이 있다.

당시 조창조의 구역은 염천교 중앙시장이 정부의 정책으로 용산 시장과 합병되어 폐쇄되고 용산 시장마저 가락동 농수산물 도매 시장으로 옮기게 된다.

원래 시장 같은 곳은 현찰 등이 많아 이권 개입 등이 많은 곳이다.

이러한 곳이기 때문에 이정재 같은 사람도 동대문시장을 중심으로 힘을 쓰고 자금을 마련하려고 했던 것이다.

난 용산을 기점으로 진출하려고 했었고 조창조는 나와는 동상이 몽으로 명동으로 진출하려는 생각이었다.

사실 용산시장은 기존의 토박이 주먹들과의 전쟁은 불 보듯 훤 하고 나 또한 개인적인 주장을 끝까지 피력하지 못한 것은 창조형 구역이기 때문이었다.

"종철아, 명동에 가자"

느닷없이 조창조는 날 데리고 명동으로 간다.

"형 누구 만나러 가는 겁니까?"

"응"

더 이상 아무 말도 없이 가는 걸어가는 모습에 난 더 이상 묻지 도 않았다.

명동의 다방.

음악 소리가 들리고 뿌연 담배 연기가 온 구석구석에서 피어오 른다. 무슨 곰을 잡는 것인가?

한쪽에 앉아 있는 사람 김재두. 덩치가 워낙 커서 이 사람 무슨 곰이야? 하는 생각이 든다.

다방 안의 담배 연기와 딱 맞는 듯했다.

"오랜만이다"

"네, 형님."

"무슨 바람이 불어서 명동까지 왔냐?"

"바람은요 이 녀석 소개해 드리려고 왔습니다"

"그래? 누군데"

"안녕하십니까. 오종철이라고 합니다"

"오종철?"

난 눈을 똑바로 보면서 인사를 했다.

그것을 김재두 형 옆에 있는 남수라는 사람이 보았다.

건방지다고 했을 것이다.

하지만 난 버릇이 되어 있었다. 누구든지 인사를 할 때 고개를 숙이면 언제든지 나의 목을 칠 것이라고 하는 생각에 물론 이러한 습성은 내가 복싱을 하면서부터 시작되었다. 복싱은 절대로 고개를 숙이는 법이 없다. 상대방의 눈을 항상 주시를 해야 하기 때문이다. 이러한 습성과 자세가 지금의 나를 있게 해준 것이다.

"눈매가 날카로워… 한 가닥 할 재목이야."

"감사합니다"

"형님, 이 동생은 무교동에 많은 애들을 데리고 있습니다"

"얘기는 들어 본 것 같군… 오종철이라"

"그래서 저희도 명동에… "

"알았어. 무슨 얘기인지"

"네"

그렇게 우린 명동을 나왔다.

뭔가 찜찜하다는 생각이 들었다.

아니나 다를까.

무교동의 사건이 터진다.

"형님 그 새끼들이 뭐라는 겁니까?"

"명동으로 들어오고 싶다는 거다"

"네? 이런 개새끼들이 촌놈들이 어디서 까불고 있어 죽여 버리겠습니다"

"형님 이대로 가만있으면 안 됩니다"

가만히 듣고 있던 김재두는 고개만 끄덕인다.

"형님 놈들의 버릇을 고쳐 놓고 오겠습니다"

"나와!!! 조창조, 오종철"

난 다방에서 석이하고 앉아서 얘기하고 있는데 느닷없이 네 명 정도가 들어오더니 소리를 고래고래 지른다.

다방에 앉아 있던 사람들은 무슨 사달이 난 것처럼 슬금슬금 이 자리를 피해서 나간다.

"어디서 개뼈다귀 같은 새끼들이 형님하고 얘기하는데 떠들고 자빠졌어?"

"이런 개새끼!!"

놈들은 석이가 기습 공격으로 달려들어 한 놈을 냅다 꼬나 박았지만 워낙 상대방들은 레슬링을 했던 녀석들이라 덩치가 장난이 아니었다.

곧바로 내가 놈들을 가격했다.

4대 2의 싸움이지만 이런 것은 예전에 얼마든지 있던 장면 아닌가.

그대로 놈들을 쓰러뜨리자 아니나 다를까 곧바로 경찰들이 다방으로 들이닥쳤다.

아마도 사람들이 신고했으리라.

"어떻게 싸운 거야?"

"……"

모두 말이 없자 경찰이 큰소리로 탁자를 내려친다.

"이것들이 말 같지 않아? 깡패 새끼들이 말이야"

"우리끼리 사소한 일 때문에 말다툼한 겁니다"

"뭐야? 말다툼한 게 기물을 다 부수고 그랬단 말이야?"

"저희가 덩치들이 좀 있다 보니까요"

"뭐야? 이것들이 진짜"

"진짜입니다. 아무것도 아닙니다"

머리에서 피가 범벅인데도 아니라고 말하니 경찰들도 어처구니가 없는 모양이었다.

당시에는 누가 먼저라고 할 것 없이 상대방에게 이간질하거나 죄를 뒤집어쓰게 하지는 않았다. 그것이 이 세계의 규율처럼 된 것이기 때문이다.

"아 사람들이 그렇게 말다툼으로 이런 정도로 깨지고 말이야… 시민들이 얼마나 놀라겠어."

"죄송합니다"

"다음부터 그러지 마! 진짜 말로만 하란 말이야"

"제가 덩치가 좀 커서요"

"시끄러워. 애들 훈방 조치하고 내보네"

무교동에서의 싸움이 일단락되고 훈방 조치로 풀려났지만 뭔가 찜찜했다.

생각해보니 괘씸했다.

〈이 자식들은 우리가 명동에 가서 인사한 것뿐인데 여기 넘어와서 시비를 걸어?〉

이런저런 생각할 때 석이가 들어 왔다.

"형님 큰일 났습니다"

"뭐야?"

"지금 창조 형님이 안 보이십니다."

"그래? 에이 또 어디서 여자 끼고 술 퍼마시고 있겠지"

"아닙니다. 여기저기 알아봐도 안 보이십니다"

"……"

난 순간 나쁜 생각이 떠올랐다.

밑에 똘마니들이 무교동에서 까불고 덤볐다가 두들겨 맞고 분통이 터져서 이것들이 창조형을...

이런 생각을 하니 마음이 급했다.

급히 석이와 밖으로 나가서 알아봤다.

납치된 것이다.

조창조를...

난 석이를 데리고 퇴계로 쪽으로 향했다.

놈들은 나를 유인하려고 창조형을 납치했을 거란 직감이 떠오르면서 발걸음이 더욱 빨라졌다.

창조 형한테 아무 일도 없겠지 하는 마음으로...

남수패들이 있다는 다방 앞에 도착했다.

"지금부터 잘 들어라, 창조형을 납치한 것 같으니까 잘못하면 큰 싸움이 날지도 모른다. 맥주병이든 무엇이든 가슴에 품고 들어간다."

"나 혼자 먼저 들어갈 테니 3분 후에 내가 안 나오면 들어온다."

"네"

모두 긴장을 한 모양이다.

가슴속에 있는 맥주병을 꽉 쥐고들 있었다.

다방 문을 박차고 들어갔다.

남수패들은 창조형을 가운데 두고 빙 둘러서 뭐라고 하는 모습이 눈에 띄었다.

"형, 지금 뭐 하는 거야? 왜 이 새끼들하고 같이 있는 거야"

"그러게 말이다"

놈들은 나 혼자인 줄 알고는.

"뭐야, 여기가 어딘 줄 알고…"

이때 동생들이 우르르 들어 왔다.

"형님 뭐야 이 새끼들"

남수패들은 우리 일행들을 보자마자 고개를 숙인다. 그리고 한 놈씩 빠져나간다.

"저 그게 아니고요… 조창조씨, 우리 싸움 안 하기로 했잖습니까. 그냥 끝내기로요"

"형 일어나 나갑시다. 이런 개새끼들하고 있지 말고"

"그래"

우린 놈들을 한 번 더 바라보고 밖으로 나갔다.

깡패와 건달의 차이점이란 깡패는 자기가 위험에 빠지면 도망치거나 포기한다.

하지만 건달은 동료를 끝까지 책임지며 불의를 보면 참지를 못한다.

명동 신상사

신상사는 누구인가

명동의 블루스.

명동 하면 떠오르는 단어가 우리나라의 신시대를 만들어 가는 무주공산이었다.

그만큼 명동에는 증권을 비롯한 호텔, 술집, 다방, 의상실, 등 모든 것이 있는 중심의 도시이다.

이런 곳을 건달들은 낙원이라고 한다.

이러한 곳으로 나방들 불나방들이 모이기 시작한다.

메기, 깡통이라는 두 사람,

이화룡이라는 인물 뒤에 메기와 깡통이 있었는데 5·16 때 이화룡이 재판에 회부되고 메기와 깡통은 어느 날 사업을 한다고 하면서 명동을 떠난다.

여기에 당시 대구에서 군 특무대 사병으로 제대한 신상사(신상현)라는 인물도 명동으로 들어온다.

신상사는 원래 서울이 고향이면서 제대하고는 중앙극장 쪽 주변

수다방 쪽을 장악하고 있었다.

명동의 노른자.

지금의 강남이라고 할 수 있는 곳이다.

신상사는 군에 있었기 때문에 형사들과의 관계 또한 잘 알고 있었다. 신상사라는 인물은 군사 정권하에 그들의 앞잡이 노릇을 하게 되며 이로 인해서 건달들의 약점을 잡아 꼼짝하지 못하게 만든다.

또한 그렇게 만든 것이 신상사는 이정재와 임하수 등 정치 깡패들의 말로를 직접 보았기에 더욱 권력과의 밀착이 있었다.

그는 진정한 건달이 아니며 건달의 모사(앞잡이)로 활동하고 주도 한다.

그래서 어떻게든 명동을 중심으로 잡는 것이 최고의 보스라고 생각이 되었다.

"오종철이라고 들어 보셨는지요"

"응"

"어떻게 생각하십니까?"

"최고라고 생각해 우리 쪽으로 왔으면 좋겠어. 잡을 수 있나?"

"한번 해보겠습니다"

그렇게 내가 두각을 나타내니 신상사는 하수인을 나에게 보낸다.

일종의 나를 포용 하겠다는 뜻이다.

정학모는 명동에 진출하려고 신상사 밑으로 들어가려고 얼마나 노심초사했던가? 하지만 그렇게 애를 쓰고 해봐도 안 되는 거였다. 왜냐하면 전라도 출신이라 절대로 붙여 주지를 않았다.

조창조도 그랬던 것이다.

그때도 지금도 왜 그렇게 지역감정이 많은지, 아니 원래 우리나라는 신라 고구려 백제 때부터 지역감정이 있었지 않은가! 지금이야 많이 없어졌다고 볼 수 있겠지만 그래도 새삼 느낀다.

그렇게 하수일은 정학모에게 접근한다.

하수일은 신상사의 매제로서 모든 것을 신상사와 함께 한다.

"잘 말씀 드려 주십시오"

"알겠습니다. 내가 종철이를 만나 그렇게 전하겠습니다"

"기다리겠습니다"

"연락드리겠습니다"

그렇게 정학모와 하수일이가 나에 대한 약속을 하고는 하수일이는 명동으로 돌아갔다.

"종철아, 오늘 저녁 8시쯤 시간 되냐?"

"무슨 일인데?"

"수일이가 신상사가 널 보자고 해서 꼭 만나자는데"

"무슨 일로?"

"글쎄 그건 모르겠고 어떻게 할래? 장소는 뉴 코리아 호텔 나이트클럽이다"

"……"

나는 생각했다.

과연 내가 신상사에게 가면 정학모는 어찌 될 것인가.

정학모는 나에 대하여 시기심이 있었다.

내가 신상사 쪽으로 가기를 원치 않은 것이다.

내가 신상사 쪽으로 가면 본인이 설 자리가 좁혀지고 없어지니까 진짜 머리를 잘 쓰는 친구였다.

삼국지의 조조라고 할 수 있다.

"생각해보고"

"생각할 게 어디 있어 빨리 대답을 해줘"

"……"

난 정학모의 얼굴을 보았다.

녀석은 조급한 모양이다.

"안가겠다"

그 말에 녀석의 얼굴에 핑크빛이 도는 걸 느꼈다.

나만 느낀 걸까.

하지만 난 신상사를 알고 있었다. 그에 대한 모든 것을 왜냐하면 그와 난 한마디로 철학이 다르다는 걸 항상 생각했다.

신상사가 해왔던 모든 것들이 나하고는 맞지가 않았으며 또한 신상사는 주먹관은 없었고 그는 오직 정치와 권력에 타협하고 협조하는 스타일인 반면 나는 오직 무(武)를 바라보고 의(義)를 생각하면서 살아가는 진정한 건달을 생각하고 있었기 때문이다.

그리고 신상사라는 인물은 별로 무섭지가 않았다.

물론 내가 나에게 도전하는 사람들이 다 나에게 무너져서 하는 얘기가 아니다.

오직 내가 진심으로 그 당시 무서운 것은 군사 정권이었으니까.

"뭐야?"

"안 만나시겠답니다"

"그래?"

"네…"

"흠….."

보스란 무엇인가

보스란 무엇인가

1970년대의 날이 밝았다.

유흥업소의 세상도 변하기 시작한다.

이제 나이트클럽이라는 것이 생겨난 것이다.

경제가 돌아가니까 기존에 있던 바(Bar), 그리고 카바레에서 고급 손님들을 나이트클럽으로 이동시키는 결과가 된다.

그리고 규제도 많이 풀렸다.

제일 먼저 조선 호텔에 〈투모로우〉라는 나이트클럽이 국내 최초로 문을 연다.

투모로우에는 많은 선남선녀가 여기서 일을 하려고 몰려들었다. 또한, 나이트클럽이다 보니 사건 사고가 자주 발생할 것을 예상하고 그 업소에서 나를 스카우트하려고 할 때쯤 난 많은 생각을 했다.

투모로우의 영업시간은 새벽 2시, 퇴계로 대연각 호텔 앞에 있는 오리엔탈 호텔에 닐바나나이트 클럽이 오픈 하면서 새벽 4시까지 한다고 했다.

또한 닐바나나이트 클럽은 연예계의 대부 이영섭 씨가 하는 거였다.

많은 연예인은 물론이거니와 와일드 캐처라는 무용수들이 출연하여 많은 사람이 닐바나나이트 클럽을 찾았다.

그리고 닐바나나이트 클럽 사장이 날 찾아온다.

"안녕하십니까? 닐바나나이트 클럽 이영섭이라고 합니다"

"닐바나나이트 클럽?"

"네 얼마 전에 오픈한 곳입니다."

"그렇습니까?"

"얘기는 많이 듣고 잘 알고 있습니다. 도와주십시오"

"......"

"저도 무교동 출신입니다"

"그래요?"

당시에 내 싸움 실력을 이 계통이면 모르는 사람이 없을 정도이니까 무교동을 평정했다고 할까, 아무튼 사장이 직접 이렇게 와서 건의도 하고 또한 무교동 출신이고 중요한 것은 사람이 많고 장사가 잘되니까 좋았다.

"알겠습니다"

"고맙습니다"

난 승낙을 했다.

그리고 자연스럽게 명동으로 입성하게 된다.

이제부터 나의 시대는 명동이다.

나이트클럽 닐바나는 무척이나 손님들이 많았다.

"어서 오십시오"

"그래 수고가 많아"

먼저와 있던 기존의 나이트클럽 기도는 철수, 남수파 애들이고 또 김재두의 동생들로 명동파라고 할 수 있다.

이들은 내가 나타남으로 조금 위축되었던 것이다.

또한 내가 건달들의 명칭이 아닌 공식 직책으로 관리부장이라는 것을 달자 분위기가 달랐다.

여하튼 이곳에서의 직책을 다시 한번 놈들의 머릿속에 박혀주고 안으로 들어갔다.

정말 많은 사람이 있었다.

음악은 절정에 가듯 시끄러울 정도로 스피커로 나오고 사람들은 춤을 추고 낭만의 천국이던가.

난 깨끗한 양복을 입고 하얀 와이셔츠에 반짝이는 구두에 머리는 올 백으로 넘기고 이 모습을 보니 옛날 처음 바에 일하러 들어갈 때가 생각났다.

입구에서 싸움이 났나 보다.

"야 우리가 누군 줄 알아?"

"입장료를 내야 합니다"

"입장료? 우린 그런 거 몰라"

"들어갈 수 없습니다"

"이 자식이..."

내가 놈들이 말을 하기 전에 한 놈을 끌어다 쓰러뜨리자 다른 놈들은 멍하니 있다가 도망을 친다.

이렇게 매일같이 같은 일들이 반복이었다.

입장료는 천 원이었으며 당시에는 꽤 큰 돈이었다.

하루 이틀..

그리고 매일 같이 찾아와서 시비 걸고 쓰러지고 도망치고 여하튼 그렇게 반짝거리던 구두가 3일을 못 갈 정도로 매일 싸웠다.

전국에 있는 건달들이 도전하러 찾아온다.

전라북도에서 최고의 주먹이라고 할 수 있는 철우가 8명이나 되는 애들을 데리고 왔으며 그중에 국가대표 유도 헤비급 최범규가 나에게 도전한다.

2m의 거구로 나와 마주친 최범규.

"최범규입니다"

"나 오종철"

두 사람은 같이 서로를 바라보고 있었다.

그리고 1분도 안 되어 최범규가 밖으로 나간다.

같이 온 일행들이 멍하니 최범규를 바라보면서..

"왜 그래요?"

"나가자 내가 졌다"

"에?"

"내가 졌다고 인마 나가자"

최범규는 알고 있었다.

운동을 해서 그런지 상대방의 눈만 보고 그 사람이 얼마나 센지를 알고 있던 거였다. 한 마디로 기를 잃은 거였다. 상대방에 대한

기가 지면 그때는 끝이니까.

싸울 기세마저 잃은 거다. 즉 정신적으로도 진다는 것이다.

그 후에도 많은 사람이 도전해 왔다.

그중에는 권투 미들급 챔피언 박주오라고 있었다.

"여기에 오종철이라고 있냐?"

"누구야?"

"나 박주오다"

"박주오? 미들급 챔피언?"

"알면 어서 오종철이를 데리고 와"

기고만장한 표정을 지으며 당당하게 서 있는 박주오.

"형님은 안 계신다. 여긴 복잡하니까 날 따라와라"

석이와 철이가 나이트클럽에 들이닥친 박주오를 데리고 골목으로 들어갔다.

"여기에 오종철이가 있는 거냐?"

"말이 너무 심하다. 형님을 그렇게 부르고 혼 좀 나 봐야 하겠는데"

"뭐야?"

"날 쓰러뜨리면 형님을 만나게 해 주겠다."

"이런 애송이들… 이"

박주오의 말이 끝나기가 무섭게 석이의 오른발이 박주오의 턱을 강타하면서 박주오는 나가떨어진다.

"다시는 찾아오지 마라"

"알았냐. 이 새끼야"

"……"

박주오는 아무 말도 못 하고 정신을 차리고 돌아갔다.

그리고 라이온산이라고 라이트급 챔피언도 찾아왔는데 철이가 정리를 해버렸다.

당시에는 나이트클럽에서 행패 부리는 놈들이 있었는데 일부러 그런 놈들이다.

여하튼 석이와 철이가 웬만한 것은 다 해결했다.

내 밑으로 들어온 식구들 중에는 석이와 철이 그리고 순이가 있었다. 순이는 광주 출신으로 원래는 추규명의 후배이다.

"종철아, 할 얘기가 있는데 시간 되냐?"

"응"

"사실 후배 녀석이 있는데 괜찮은 놈이다. 서울서 혼자 생활하면 밥 먹기도 힘들고 한데 네가 좀 데리고 있으면 안 되냐?"

"그래 오라고 해"

"고맙다"

녀석들은 그렇게 내 밑에 들어와서 있었다.

하지만 녀석들은 싸움을 하면 꼭 상대방을 피투성이로 만들고 머리나 팔다리를 부러뜨리고 그래서 치료비나 보상을 해주어야 했다.

그렇게 나이트클럽은 그렇게 안정되어 갔다.

물론 웬만하면 내가 나선다.

한 방에 처리를 못 하면 안 되기 때문이다.

그래서 내 와이셔츠는 피가 마를 날이 없다는 얘기다.

이런 복잡하고 매일같이 많은 사람 특히 술 먹은 사람들은 여자 문제로 싸우는 경우가 많고 또한 나이트클럽에서 시비를 걸고 상대방과 싸우는 경우가 많다.

술값을 안 내는 사람들도 있고 이러한 모든 것을 해결하기 위해 내가 나선다.

난 그런 와중에도 폭력 전과가 없다.

매일 같이 싸우는 놈이 폭력 전과가 없다는 것은 거짓말이라고 할 수 있지만 싸울 때 매우 중요한 것이 있다.

싸울 때는 기술이란 것이 있다 일종의 싸움 기술이다.

칼잡이는 칼잡이로 살인을 하게 되는데 진짜 칼잡이들은 사람을 안 죽인다.

이때쯤부터 전라도 호남 주먹들은 모두 내 밑에 들어오게 되고 들어오고 싶어 했다.

나의 눈에 들려고 하는 녀석들도 생기고 여하튼 그런 시간이 많아지다 보니 그들을 챙겨야 하는 것도 내 몫이었다.

난 그런 동생들이 객지에서 고생하는 모습을 볼 수가 없었다 .

그래서 더욱 챙겨 줬는지도 모른다.

서울에서의 일은 잘 진행되고 잘 나가는 편이었다.

밤의 일과 주먹의 관계는 어디까지나 추종 관계였다.

그 당시에도 전라도는 상당한 괄시를 받던 시대다.

특히 박정희 정권하에 경상도 쪽은 좀 났지만 전라도는 대 놓고 무시하고 경제와 지역의 발전은 더욱 말할 것도 없었다.

호남 쪽에 있던 주먹들은 그래서 더욱 서울로 올라오게 된다.

광주, 목포, 전주, 이리, 군산 등에서 올라온 동생들이 많이 있었다.

나에게 찾아오거나 소개로 오는 녀석들이 많이 있었다.

물론 그 녀석들을 한 명도 다시 고향으로 돌려보내지 않았다.

그래 성공하려면 서울로 와야지.

어린 시절의 나를 생각하면서 동생들에게 항상 말해주곤 했다.

서울에서 오종철이라는 이름의 강세 세력이라는 것을 삼척동자도 알 정도였다.

1972년도에 나는 페니슐린이라는 나이트클럽을 관리하면서 무교동 다동 호텔 내에 있는 리스본이라는 양복점을 이무수라는 친구와 동업을 하게 되어 오픈하게 되었다.

"축하합니다"

"감사합니다"

"장사가 잘되어서 돈 많이 버세요"

"네 감사합니다"

많은 사람이 찾아왔다.

그 당시에는 기성복이 없고 모두 맞춤복으로 양복을 해 입어야 하기 때문이다. 지금에야 기성복을 파는 곳이 사방 천지에 있지만, 그 당시는 양복점이 대세였다.

"형님 양복 맞추러 왔습니다"

"그래 잘 왔다."

"이 양복 멋져요"

"그렇지 요즘 잘나가는 패션이다. 다들 그렇게 맞춘다."

"저도 그렇게 해주세요"

"저도요"

동생 녀석들은 내가 양복점을 개업했더니 일부러 찾아오곤 했다.

"형님 여기 돈 드리겠습니다"

"응? 아냐 돈은 무슨, 인마 나하고 너 사이에 무슨 돈이냐 그냥 갖고 가"

"그래도 괜찮겠어요?"

"이 자식 날 어떻게 보는 거야 나 오종철이다"

"알겠습니다. 형님 잘 입겠습니다"

어허, 이런 변이 있나 이건 내가 혼자 하는 가게도 아니고 동업 아닌가. 하지만 난 동생들에게 돈을 받는다는 것 자체가 잘못되었다는 신념이었다.

그러고 보니 함께 동업하는 이무수는 죽을 지경이었다.

이러지도 못하고 저러지도 못하고 한마디로 죽을 지경이었다. 지금 와서 생각하니 난 정말 장사에는 소질이 없었는가 보다.

장사와의 첫 만남에서 아내하고의 장사도 망치고 손해를 보지 않았던가.

참, 이무수는 나중에 캄보디아 삼한 섬유의 1만 5천 명을 거느리는 사업가로 성공했다는 소식을 들었다.

지금 생각해 보니 그때 내가 좀 미안했다는 생각이 든다.

언론 인터뷰

인터뷰를 하고 싶다고?

주간 경향이라는 잡지사.

국내에서 잘 나가는 잡지다.

이곳에서 연락이 왔다. 인터뷰를 하고 싶다고.

"안녕하세요, 주간경향 기자입니다. 선생님의 이야기를 인터뷰 좀 하려는데 시간은 괜찮으신가요?"

"인터뷰?"

"네 선생님"

난 가만히 생각했다.

〈내가 인터뷰라니? 내가 한 게 뭐가 있다고. 건달, 깡패? 주먹세계에 있는 놈을 왜 인터뷰를 한다고 하지?〉

난 혼자서 반문해 본다.

왜 인터뷰를 하자고 했을까 하고 말이다.

난 생각 끝에 인터뷰를 하기로 한다.

"감사합니다, 인터뷰에 응해 주셔서요"

"뭐…. 어떻게 얘기해야 합니까?"

"그냥 선생님 이야기하고 싶으신 대로 말씀하시면 됩니다"

난 곰곰이 생각하다가 옛날의 생각이 떠올랐다.

"건달과 깡패를 어떻게 보십니까?"

"네? 무슨 말씀인지요. 똑같은 표현 아닌가요?"

"아닙니다. 건달과 깡패는 다릅니다. 달라도 아주 다르죠. 철학이 다르니까요"

"아네"

"건달은 약자를 돕고 강자에게는 강합니다. 건달은 무(武)와 의(義)를 생각하죠. 이렇게 건달에 대해 잘못 알고 생각하는 사람들의 편견을 고쳐야 합니다"

난 열변을 토했다.

왜 건달을 하는가에 대한 이야기와 깡패들과의 차이점을 조목조목 이야기했다. 기자는 처음에는 의아한 표정을 짓더니 점점 나의 얘기에 빠지는 듯 보였다.

난 사실을 얘기했을 뿐이다.

며칠 후 주간경향의 잡지가 나온 모양이다.

"형님, 형님 사진이 잡지에 나왔습니다"

"그래?"

"잘 나오셨는데요. 제목이 죽입니다. 건달과 깡패는 다르다."

"야 진짜 멋진 말입니다. 나도 이 생활을 하고 있지만 태어나서 처음으로 멋진 말을 들었습니다"

"나도"

"나도"

여기저기서 동생들의 목소리가 들려왔다.

잡지에는 〈대한민국 최고 건달이며 그의 밑에는 80명의 조직이 있다. 그는 그들이 보스이다〉라고 씌어 있었다. 사진을 보니 내가 생각하기에는 잘 안 나왔다.

고향에 있는 목포 극장 간판에 걸려 있는 신성일처럼 나와야 하는데 말이다. 내게 누군가 고향에서 신성일이라고 하지 않았던가.

하지만 동생 녀석들은 내 사진이 잘 나왔다고 한다.

반도 호텔에 있는데 기자가 찾아왔다.

"안녕하세요"

"어서 오세요"

"저 혹시 시간 되시면 저녁 시간 좀 내 주실 수 있으신지요?"

"시간?"

무슨 일인지는 안 물어보고 기자에게 난 약속을 했다.

그리고 약속 장소인 요정으로 향했다.

그 당시 국회의사당 건너편에 유명한 요정이다.

"어서 오십시오"

기자가 먼저 인사를 한다.

보아하니 요정은 잘 꾸며져 있었다.

입구부터 안으로 들어가는 곳까지 연못을 만들어 커다란 잉어들이 보이고 더 안쪽으로 들어가니 요정의 운치가 있는 장소가 나타났다.

문을 열고 안으로 들어가니 머리가 희끗희끗한 분이 앉아 있고 그 옆으로 기생 두 명이 앉아 있었다.

내가 들어가니 그 사람은 일어나서 나를 반긴다.

"어서 오십시오"

"이분이 오종철 씨입니다"

"저는 주간경향의 편집국장 OOO입니다, 이렇게 만나 뵙게 되어서 반갑습니다."

"네"

"앉으시죠"

난 짧게 대답하고는 자리에 앉았다. 그러자 기생 한 명이 내 옆으로 오더니 술잔에 술을 따른다.

"선생님 말씀은 많이 들었습니다. 사실 우린 주간지 선데이서울 주간지와 치열한 경쟁을 하는데 주간지 창단 이래 처음으로 선데이 서울을 앞질렀습니다"

"아 그래요?"

"감사합니다. 앞으로 계속 저희 주간지와 인터뷰를 부탁드립니다."

"……"

"그래서 이렇게 선생님을 모시는 겁니다"

"선생이라는 말씀은 좀 거북합니다"

"아네"

머리가 허연 분이 스포츠머리의 젊은 놈에게 융숭한 대접을 하는 모습이 기생들한테는 이상하게 보였나 보다.

나를 계속해서 쳐다보는 게 좀 그렇게 느껴졌다.

그 후로 주간지에 내 얼굴과 함께 글이 일 년에 몇 번씩 등장했다.

좋은 이야기든 나쁜 이야기든 사건의 이야기가 항상 나오고 해서 동생들도 의아해하면서 분개하기도 했다.

"형님 이건 틀리잖아요. 이 자식들 혼내줄까요?"

"그냥 놔둬라 신경 쓸 거 없다"

"찾아가 봐야 눈도 깜짝하지 않는 것들이고"

그렇게 잡지에 나오고 나서부터 나의 별명이 하나 더 붙었다.

악역 배우 조석근에서 〈오킹〉이라고 바뀌게 된다.

난 목포에서 신성일인데 말이다.

그런데 그해 대한민국에서 10월 유신의 계엄령이 발동되었다.

나라에 계엄령이 터지면 제일 먼저 건달과 주먹들을 소탕할 것이다. 그것이 지금까지 있어 왔던 것이니까.

타깃이 닐바나가 된다.

난 석이와 도망을 친다.

내가 제일 무서운 게 무엇인지는 앞서 말씀드렸다.

건달과 깡패는 무섭지가 않다.

오직 정부 대한민국이다.

우린 조용할 때까지 숨어 지낸다.

닐바나의 저녁 무렵.

많은 사람이 나이트클럽을 찾아온다.

"형님, 어떤 분이 형님을 찾아왔는데요"

"누군데?"

석이가 누가 나를 찾는다는 것이다.

"나이 드신 분인데요 누구시냐고 물었더니 아무 말씀도 없고 밑에 커피숍에서 기다린다고 하시기에 형님한테 온 거예요"

"그래?"

난 커피숍으로 내려갔다.

"누구지?"하는 생각을 하고 말이다.

문을 열고 안으로 들어갔다.

나이 지긋한 분이 내가 들어가니 자리에서 일어난다.

"혹시 저를 찾으셨습니까?"

"자리에 앉게나. 앉으시게"

"실례지만 누구신지요?"

신사분은 나를 유심히 바라본다.

그분 옆에는 커다란 가방이 있었고 키도 크셨다. 신사의 품위가 있는 노신사였다

"흠… 혹시 박순이라고 아시는가?"

"박순이요?"

"그래 박순이 내 아들일세, 자네를 찾아온 이유는 그놈이 내 말을 전혀 안 듣는단 말이네"

"……"

"그래서 이렇게 자네를 찾아왔네. 자네 말이라면 잘 듣는다고 해서 말이야."

"아네 그러시군요"

"나 이래 봬도 광주에서 밥술이나 먹고 사는 사람일세"

"네네"

"부탁일세. 자네가 내 아들 좀 집에 보내주게 녀석은 우리 집 대를 이어야 할 놈일세"

"그러시군요. 아버님 걱정하시지 마세요. 제가 타일러서 집으로 내려가라고 하겠습니다"

"고맙네. 고마워"

노신사는 내 손을 잡고는 연신 고개를 굽신거린다.

난 어쩔 줄 모르고 노신사의 손을 잡고 자리에 앉혀 드렸다.

그리고 우린 많은 얘기를 했다.

물론 노신사 쪽에서 더 많은 얘기를 했다.

"난 자네만 믿고 내려 갈라네"

"네 걱정하지 마세요"

돌아서서 가는 노신사의 뒷모습이 나의 아버지를 생각하게 한다.

노신사를 배웅하고는 곰곰이 생각하고 있는데 석이가 들어 왔다.

"형님 누구 십니까?"

"순이 아버지다"

"예? 그런데 왜요?"

"순이를 광주 집으로 보내달라는 거다"

"집으로요?"

"그래, 아버지로서 집안의 대가 끊어지면 안 된다고 보는 거지, 이런 서울의 삭막한 곳에 올라와서 고생하는 것도 그렇고, 또… 그러다 보면 무슨 일이 생길지도 모른다는 생각에 직접 올라와서 나한테 얘기하는 거야"

"아~ 걱정할만하겠네요. 나처럼 집에서 버린 놈은 상관없지만요"

"버리긴 인마 누가 널 버렸다는 거냐, 쓸데없는 소리 하지 말고 순이한테 네가 얘기해"

"네 형님"

순이는 나이트클럽에서 주름잡고 승승장구하면서 잘 나갈 때다.

인물도 좋아서 특히 여자들에게 인기 있는 녀석이다.

나 신성일보다는 못하지만 하하하.

여하튼 당시에는 형 동생 이렇게 체계적으로 조직이 되어 있으면 한번 명령으로 끝이다는걸 아는 시기이다.

또한 내가 강단 있게 해놓았기 때문에 어떤 누구라도 토를 다는 녀석들이 없다.

"뭐예요? 아버지가요?"

"그래 너 광주로 내려오라고 직접 서울에 올라오셨다."

"안 가요"

"뭐라고?"

"광주에 안 내려간다고요"

"순이야 좋은 말 할 때 내려가라"

"안 간다고요"

"......"

"절대로 내려갈 수 없어요"

"너 이리 좀 나와"

석이는 순이를 데리고 밖으로 나가서 엄청나게 두들겨 팼다.

녀석은 피투성이가 되어서도 안 간다고 버틴다.

"안 간다고요… 안가… 요… 나 안내려갈꺼예요"

"내려가라 아버지가 오죽했으면 올라오셨겠냐"

"……"

녀석은 엉엉 울면서 안 내려간다고 하고는 숨죽여 울었다.

"잘 가라"

"네 형님 그동안 고마웠습니다"

"그래, 광주에 있든 서울에 있든 우린 형제다. 그러니 너무 서운하게 생각하지 마라"

"알겠습니다"

"광주에 내려가서 말썽부리지 말고"

"네"

"무슨 얘기가 들어오면 내가 직접 내려갈 거다"

"알겠습니다"

녀석을 보내는 내 마음은 그리 썩 좋지 않았다.

그래도 녀석을 내려보내야 했다.

석이와 다른 녀석들도 순이를 보내는 마음이 그리 편치 않았을 거라고 생각이 든다

그렇게 순이는 광주로 내려갔다.

녀석은 아마도 커다란 마음의 상처를 입었으리라 생각이 든다.

그렇게 믿었던 형제와 같은 형들이 자기를 집으로 보내니까 마음이 편할 리가 없을 것이다. 하지만 현실이 그런 걸 어쩌겠나.

후에 들으니 녀석은 종교를 갖게 되고 목사가 되었다는 소식이 들렸다.

참 알 수 없는 녀석이다. 아무튼 잘 되었다는 생각이 들었다.

녀석의 집안은 광주에서 명문 집이고 땅도 사업도 크게 하는 집안인 것이다.

그러니 순이 아버지께서 애가 타서 올라오셨겠지만.

주먹세계의 강자는 원래 빈틈이 없어야 한다.

나중에 순이에게 얘기를 해줬다.

"순이야 넌 좋은 형들을 둬서 오늘날까지 잘살고 있는 거야. 안 그랬으면 사형이나 무기징역으로 20년은 살았을 거다 이놈아"

나의 말에 의아해하고 놀라는 순이.

"네?"

"그래서 형들이 너한테 그런 행동을 했다."

"아~ 그래서 형님은 모른 척하시고 석이 형이 그렇게 날 패면서 광주로 내려가라고 했던 거군요"

"하하하 그래 인마"

"감사합니다. 형님"

순이는 나를 항상 하늘처럼, 친 형제처럼 알고 폼 잡고 다녔다.

그런데 그런 순이한테 비극적인 사건이 발생한다.

순이가 광주로 내려가서 생활하다가 몸이 비비 꼬이면 서울로 와서 날 찾아왔다.

안부도 묻고 했지만, 항상 불만이 많았다.

자기가 내 옆에서 보디가드하면 그 누가 형님을 해 꼬지 하겠냐는 거였다.

내가 칼로 맞고 누가 내 자리를 넘봤겠냐는 투로 말을 했다.

"형님, 내 말이 틀렸습니까?"

" 하하 그래그래 맞다"

"지금이라도 당장 올라올까요?"

"아냐 인마 너 없이도 괜찮아 광주에 그대로 있어 이렇게 가끔 얼굴 보는 것도 나쁘진 않으니까"

"네 형님"

난 그렇게 순이를 아꼈다.

그런데 다른 동생들이 볼 때는 좀 아닌 듯 보였나 보다.

아니꼬운 듯한 표정들이었으니까.....

1982년도 룸살롱을 할 때다.

순이가 친구하고 술을 먹다가 사건이 발생했다.

"야 너 이리 와, 이런 개좆같은 놈의 새끼"

순이는 밑에 있는 안식이의 목을 졸라버린다.

"이거 놓으세요"

"이런 개새끼들이 형님 밑에 있는 것부터 안 좋아야 이 새끼들아. 그렇게 인사성이 없어서 어떻게 형님을 모시냐. 이런 개 같은 새끼야"

"이거 놓으란 말이에요 숨이 막혀요"

순이는 그런 안식이를 발로 냅다 걷어차 버린다.

안식이는 그대로 도망을 친다.

순이 말에 의하면 안식이가 인사성도 안 좋고 한마디로 개망신을 준다는 거였다.

안식이는 나를 돕는다고 카운터에 앉아 있을 때 졸지에 순이 한
테 잘못 보여서 혼이 난 것이다. 녀석은 그대로 도망을 쳐서 자기
똘마니들을 부르게 된다.

"야 이 새끼야 네가 그렇게 강하면 네가 여기 와서 있지 나를 우
습게 알고 있냐? 이 새끼야"

"으으으"

난 이상한 소리가 나서 룸 방문을 나가 봤더니 순이가 칼에 찔려
서 피를 흘리고 있었다. 상황을 보니 안식이 똘마니들의 품속에 칼
이 있는 게 보였다.

난 급하게 순이를 업고는 강남성모병원으로 달렸다.

"순이야 정신을 잃으면 안 돼"

"형님 죄송합니다"

"야 그런 소리 하지 말고 정신 차려"

"형님… 형님을 볼 면목이 없습니다"

"야 인마 정신 차려 그런 소리 하지 마"

난 어떻게 달려왔는지도 모르게 병원으로 들어갔다.

"빨리 이 사람을 부탁합니다. 꼭 살려야 합니다"

간호사와 의사들이 달려들어서 순이를 응급실 수술대 위에 뉘였다.

어두침침한 룸.

무릎을 꿇고 앉아 있는 안식이.

난 문을 열고 들어갔다.

"왜 그랬냐?"

"죄송합니다"

"내가 그렇게 하라고 가르쳤냐?"

"아닙니다"

"……"

"저도 모르게 흥분이 되어서… 죄송합니다"

"망할 놈의 새끼… 너 새끼손가락 잘라 이 자식아. 그리고 병원 가서 빌어"

"네 형님"

난 긴 한숨을 내쉰다.

침대에는 붕대를 감고 누워 있는 순이.

문이 열리고 안식이가 들어온다. 그리고는 순이 앞에 무릎을 꿇고 엎드린다.

"죄송합니다. 형님"

"……"

녀석은 주머니에서 칼을 꺼낸다. 그 모습을 바라보는 순이.

안식이는 비장한 모습이다.

"형님"

"……"

"제가 형님에게 몹쓸 짓을 했습니다. 이 손가락을 자르면서 용서를 빌겠습니다"

"… 아니다, 내가 못나서 그런 거다 괜찮다"

"형님 흐흐흐 흑"

"울지 마라"

그렇게 순이는 안식이를 용서했다.

그렇게 사건이 마무리하려던 때에 기자들이 냄새를 맡았는지 자꾸 따라다닌다.

그리고 병원의 의사가 사건의 얘기를 기자에게 한다.

"자세히 말씀 좀 부탁드립니다. 칼 사건을 누가 먼저 시작했는지요"

"……"

"말씀해주시기 바랍니다"

"……"

순이는 입을 굳게 닫고 아무 말도 하지 않았다.

"이것 보세요. 여긴 병원입니다. 나가세요"

"우린 기자입니다. 취재를 해야 한다고요"

"지금 환자가 안정을 취해야 할 때입니다. 이렇게 몰려오시면 안되지 않습니까"

간호사들의 말에 기자들은 병실을 쫓겨나갔다.

순이는 나에게 기자들이 찾아 왔다는 말을 하게 된다.

그로 인해 난 순이를 다른 병원으로 빼돌리게 되고 사건을 무마시킨다.

이제 와 생각해보니 당시 순이한테 아버지가 찾아왔다는 것을 얘기했으면 이런 일이 안 벌어질 수도 있다는 생각을 했지만, 만약 그런 얘기를 순이한테 얘기했다면 아버지한테 눈을 부라리고 난리를 쳤을 것이다.

그래서 일부러 얘기를 안 했던 것이다.

순이는 몇 년 전 간암으로 고생하다가 고인이 되었다.

부디 하늘에서는 이런 생활이 없는 너만의 자유를 찾아서 살기를 바란다.

보고 싶다 순아..........

1968년도 국토건설단에 끌려가서 있을 때 만난 우재근.

국토 건설단에서 헤어진 후로 소식이 없다가 우연히 명보극장 앞에서 만났다.

"이게 누구야? 우재근?"

"반갑습니다"

"그래 오랜 만이네"

"네"

"무슨 일 있으면 날 찾아와"

난 명함을 재근이한테 줬는데 그 이후에 재근이가 찾아왔다.

그리고는 아예 눌러앉아 버린 거였다.

난 반도 호텔 옥상에 샌드백을 달아놓고 운동을 하고 있었는데 나중에 동생들한테도 운동을 여기서 하라고 시켰더니 동생들은 매일같이 옥상으로 와서 운동을 하곤 했다.

그중에 단 한 번도 빠지는 날이 없이 와서 운동을 한 녀석이 재근이다.

재근이의 노력은 가히 다른 녀석들이 엄두도 안 낼 정도로 악착같이 운동을 했다.

청계천에 이봉조 씨가 운영하던 센트럴 나이트클럽을 김종욱이란 사람이 인수했다.

"이번에 새롭게 오픈하려고 합니다"

"축하합니다"

"그런데 여기를 맡아서 관리해줄 분을 소개해주십시오"

"그럽시다"

"기도(극장이나 유흥업소 출입구에 또는 그곳을 지키는 사람을 말한다)가 필요합니다"

"보내주겠소"

난 재근이를 보내기로 했다.

녀석이면 잘해 낼 것이다.

녀석은 그렇게 성장했다.

이 세계의 잔뼈로 커나가면서 크게 성장해 버린다.

세월이 흐르고 어느 날.

내가 태촌이 한테서 칼을 맞은 후에 재근이는 미국으로 들어간다.

녀석은 미국 LA로 진출하게 되며 미국에서의 생활을 한다.

"재근아, 형도 미국에 진출해야겠다."

"그럼요 형님도 미국에 가셔야죠"

"그래, 네가 먼저 가서 현지 파악도 하고 자리 잡아놔라. 넌 잘할 거야"

"형님 꼭 모시겠습니다"

"그래 나도 널 보고 싶을 거다"

"저도요"

이렇게 재근이와 헤어졌다.

후에 재근이는 미국에서 두각을 나타낸다.

재근이는 미국에서 한국인들 상대로 돈놀이를 하게 된다.

그리고 비즈니스로 변신하게 되면서 밑에 똘마니들도 든든하게 두면서 성공의 가도를 달리게 된다.

타워호텔 남회장, 그리고 우석 호텔 권회장이 하는 말을 들으면서 재근이는 시간 가는 줄 모르고 얘기에 빠져든다.

LAS VEGAS로 가는 비행기인데 시간이 늦어 버린 탓에 공항에 늦게 도착할 거 같다는 얘기를 듣고 재근이가 공항으로 전화를 한다.

"나 J, K WOO인데 좀 늦을 거 같으니 부탁하네"

그리고 공항에 도착해서 비행기에 오른다.

물론 비행기는 출발하지도 않고 재근이를 기다린 것이다.

지금이야 그럴 리 없겠지만 그 당시에는 그렇게 파워가 있었다.

"이야, 한국 놈이 이 정도로 힘이 있다니 놀랍네"

"그러게 처음이야."

남회장이나 권회장이 놀라면서 하는 소리다.

난 재근이와의 약속으로 나도 미국으로 진출하려고 했지만 개인 사정으로 인해 진출할 기회를 놓쳤다.

한편 명동에 신상사 친구로 이창열이라는 친구가 있었는데 그 친구도 LA로 진출하려고 모색 중에 재근이가 포섭 대상이 되었다.

재근이는 미국에서 잘나가는 인물로 그들은 재근이를 제명 시키려고 하는 계획을 세웠다.

반대파인 동한이를 앞세워서 LA에 진출하려고 계획을 꾸민다.

동안이가 재근이를 나이트클럽에서 만나게 된다.

재근이는 자기를 암살하려는 상황을 알고는 총을 숨겨서 나간다.

"야, 동안아 너 말이야 나하고 같이하는 건 어떠냐. 돈도 벌고 좋잖아 시끄럽게 하지 말자. 어때? 너도 살고 나도 살고 말이야."

가만히 얘기를 듣던 동안이.

"알겠습니다, 좋습니다"

그렇게 이야기가 잘 풀리나 싶었는데 동안이의 전화가 울린다.

"여보세요?… 알겠습니다"

"누구야?"

"아냐… 아는 사람. 잠깐 나갔다 올게"

동안은 밖으로 나온다.

이창열의 전화를 받고 나가는 동안.

아무래도 기분이 이상한 재근은 밖으로 나오는데 뒤에서 동안이가 부른다.

"야 재근이! 이 새끼야 죽어"

하면서 동안은 권총을 꺼낸다.

재근이는 동안이가 자기를 죽일 거 같은 생각이 들었기 때문에 준비를 하고 있었다.

재근이의 총이 먼저 발사된다.

동안이는 아무 소리도 못 하고 그 자리에서 즉사한다.

재근이는 곧바로 멕시코로 피신을 하게 된다.

그리고는 다시 홍콩으로 도망치는 재근.

홍콩에서 전화가 걸려왔다.

"형님, 접니다"

"어, 재근이냐?"

"형님 사고 쳤습니다, "

"지금 어디야?"

"홍콩입니다, 급하게 오느라 돈이 다 떨어졌습니다. 그래서 형님
한테…"

"알았다 보내주마"

그렇게 재근이는 홍콩에 있었고 나는 여권을 가진 종학이를 찾
아가서 자초지종을 얘기하고는 홍콩에 가서 재근이를 만나 데리고
오라고 했다.

당시에 종학이는 보안대 출신이라 여권을 갖고 있었기 때문에
일이 수월해졌다.

다행히 인터폴에는 수배가 되어 있지 않았다.

"아이고 오랜만입니다"

"참나 미국에서 잘 나간다더니 어찌 된 거야?"

"죽을 뻔했습니다, 날 암살 시키려고 계획을 했던 거죠. 내가 먼
저 알아차리고 놈을 죽이고 홍콩까지 날아왔습니다"

"잘했네. 가세 한국으로"

"네"

그렇게 무사히 재근이를 탈출시켰다.

그러나 일이 터지고야 만다.

얌전히 숨어 있어야 할 판에 슈팅해서 8천만 원을 들고 또 홍콩
으로 도주를 한 재근.

한 달 만에 돈을 다 써 버리고 들어오다가 정보망에 걸려서 공항에서 잡힌다.

이창열 입장에서 보면 계획을 활용하면 미국 LA에서 힘 좀 쓰면서 돈을 벌어 보려는 계획이었는데 동안이가 죽고 나서 완전히 물 건너간 셈이라 어찌 되었든 재근이를 잡으려고 혈안이 돼 있던 차에 재근이의 행방이 나타나 체포하게 된다.

재근은 재판 과정에서 10년을 받는다. 선고 후에 미국으로 송환되는 줄 알았는데 자민족 보호법에 의해 한국에서 10년을 받고 출소하게 된다.

인생이란 허무하다...

1974년 명동의 희대의 사업가 노남.

사업가라고 하는데 진짜 사업가인지...

당시에 중동 아랍인하고 비슷하게 생긴 한국 사람이 있는데...

그 사람은 아랍 중동 옷을 입혀 놓으면 영락없이 중동 사람이다.

노남은 이 사람을 변신시킨다.

"와~ 정말 똑같아"

"아랍 사람처럼 보입니까?"

"아주 똑같아 정말 누가 봐도 믿을 정도야, 아니 중동 사람들이 봐도 감쪽같이 속겠어."

"내가 그렇게 아랍사람처럼 생겼어요?"

"그렇다니까 거울 좀 봐"

거울을 보면서 그 남자는 완전히 아랍사람처럼 보이자 본인도 놀란다.

"자 이제부터 하는 거다. 넌 아랍인이야."

"아랍인? 아랍말도 못 하는데요"

"아무 소리도 내지 마. 그냥 내가 하는 대로 고개만 끄덕끄덕 거리고 오케이하고 노오~만 얘기해 내가 신호를 줄 때"

"알겠습니다"

"이거 잘해야 해 사우디에 큰 공사를 따낼 거니까"

"사우디요?"

"그래 사우디 하하하"

노남은 그렇게 가짜 아랍인을 이용해서 사우디에서 큰 공사를 수주했다는 것이 신문에 대문짝만하게 나왔다.

그리고 나중에 들통이 나서 사기로 고소를 당했다.

노남은 대구 사람이다.

대구의 주먹 김태덕에게 좋은 사업이 있다고 접근한다.

투자금은 400만 원이라고 하면서 그 돈을 받아서 서울로 온다.

당시 400만 원이면 집 한 채 값보다 큰돈이다.

하지만 노남은 기일내로 갚지 않고 연락도 없자 김태덕이 노남을 잡으로 서울로 온다.

사보이호텔 앞.

승용차에서 내리는 노남.

"저 새끼 노남이 아냐?"

"맞습니다. 형님"

"저 새끼 잡아!"

노남을 잡아서 호텔 방으로 끌고 들어가는 김태덕.

문이 꽝 열리고 노남이가 쓰러지듯 들어온다,

뒤이어 김태덕이 일행도 들어온다.

"야 이 새끼야, 내 돈 떼어먹고 잘 살 줄 알았냐?"

"그 돈 그러잖아도 갖고 내려가려고 했는…"

말도 끝나기 무섭게 김태덕과 똘마니들은 노남의 옆구리와 얼굴을 가격한다.

"으악!!! 살려줘"

"이 개새끼야 !! 내 돈 내놔!!"

한편 노남이가 사보이호텔에서 끌려갔다는 정보를 들은 경헌이가 호텔로 들이닥친다.

문을 박차고 들어가는 경헌.

"이 새끼들 뭐 하는 거야?"

"이건 또 뭐야!! 이런 개새… 끼"

하는데 경헌의 주먹이 김태덕의 턱을 강타하고 쓰러진 김태덕의 목을 누른다.

90㎏이나 되는 거구가 누르는 힘은 가히 바위가 누르는 것과 같았다.

이 상황에서 눈치 빠른 노남이가 도망을 친다.

노남이는 도망을 치면서 커피숍에 들어간다.

마침 커피숍에는 신상사와 일본 야쿠자 니시야마가 있었다.

"아이고, 큰일 났습니다. 저 좀 살려주세요"

"무슨 일이야?"

"대구 놈들이 올라와서 저한테 공갈을 치고 사람을 패고 그러는데 올라가 보셔야 합니다"

"그래?"

신상사는 구달홍, 정경식, 니시야마와 함께 호텔 방으로 올라간다.

"뭐 하는 놈들이야!!"

그런데 신상사는 경헌이를 모르고 있었다.

신상사는 경헌이를 김태덕과 한패인 줄 오해를 한다.

서로 적으로 본 것이다.

"이것들은 또 뭐야!!"

경헌이는 신상사를 박아버리자 신상사는 그대로 나가떨어진다.

"이 새끼!! "

"......"

"여기서 그러지 말고 나가서 붙자"

"그래 좋아"

경식의 말에 경헌도 모두 밖으로 나간다.

두 사람이 사보이 호텔 뒤편에 마주 선다.

이때 구달홍이 몰래 빠져나와서 주차장 쪽에 있던 똘마니들을 데리고 온다.

 맞짱을 뜨려고 서로를 바라보는 경헌과 경식.

하지만 경헌은 경식을 바라보는 데 빈틈이 없었다.

빈틈이 보여야 먼저 먼저 치고 빠지는데 안 보인다.

경헌이는 경식이와 붙으면서 뒤를 보니 구달홍이 데리고 오는 똘마니들이 보였다.

손에는 쇠파이프와 벽돌 등이 쥐어지고....

경헌은 생각한다.

노남을 데리고 가야 하는데...

경헌은 자기의 주먹을 너무 믿었다.

경식은 옆에서 장사하는 과일 파는 곳에서 귤을 하나 경헌이에게 던졌다.

경헌은 그걸 피하면서 귤을 까 먹는 게 아닌가!

그때 경식은 경헌이의 빈틈이 보이자 그대로 경헌을 내리쳤다.

방심을 한 경헌은 아차 했지만 늦었다.

"이런 개새끼!!"

"죽어 이 새끼야!!"

똘마니들은 쇠파이프로 경헌을 타작한다.

쓰러지는 경헌.

경헌은 쓰러지면서 생각한다.

〈내가 방심했어... 내가...〉

1973년 12월 31일 망년회.

난 동생들을 불러 놓고 닐바나에서 망년회 파티를 하고 있었다.

"모두 1년 동안 고생들이 많았다, 오늘만큼은 마음껏 술 마시고 마음껏 놀아라"

"와아~~~~"

"그리고 이건 보너스다"

"우와~~~~"

"석이야, 애들 끝날 때까지 재밌게 놀고 애들 챙겨줘라 "

"알겠습니다. 형님, 어디 가십니까?"

"난 아세아호텔 빠징코에 잠깐 들렀다 먼저 집으로 간다."

"네 알겠습니다"

"그래 수고해"

"형님"

"응?"

"해피입니다. 새해 복 많이 받으세요"

"자식, 아직 새해도 아닌데"

"미리 인사드리는 겁니다"

"알았다"

난 동생들을 뒤로하고 닐바나에서 나왔다.

아세아호텔.

아세아호텔(현재 국제호텔) 난 아세아호텔의 빠징코 영업장에 약
간의 지분을 갖고 관리를 해주고 있었다. 다른 곳에서도 날 오라
는 곳이 많이 있었는데 공로주 10% 준다. 20% 준다 하는 등 나에
게 좋은 조건을 주고 오라고 하는 곳이 많이 있었다. 그러나 나는
아세아호텔 빠징코로 간 것이다.

빠징코의 기계는 전부 재래식으로 손으로 당기는 시스템이다.

당시 서울 지역의 프로들이 150명 정도 있었는데 그놈들한테 매
상이 다 털리고 있었다.

하루 매상이 30~49 정도인데 그놈들이 오면 매상이 다 털린다.

젯팟이 5만 원인데 이놈들이 번갈아 가면서 두세 번씩 터트린다.

신사복에 점잖은 듯 보이는 놈들이 그러니 사장은 속이 터져도 할 말이 없었다. 가끔 돈을 잃은 놈들은 기계에다 화풀이하듯 때려 부수고 하는데 이때 내가 나서서 관리한다. 이러한 조건으로 나에게 공로주를 주는 것이다. 문을 열고 빠징코 안으로 들어갔다.

홀 안을 보니 많은 사람이 정신없이 빠징코 기계를 돌린다.

이때 정학모가 내가 들어오는 걸 보더니.

"종철아 나 좀 봐야겠다."

"왜 그러십니까?"

"빨리 이리 와봐"

"종철아 너 말이야 내가 무슨 소리를 해도 절대로 흥분하면 안 돼"

"네?"

"흥분하지 말란 말이야 흥분하지 않겠다고 먼저 약속해"

"흥분을 왜 해요 무슨 일인데요?"

"틀림없이 흥분 안 한다고 했다?"

"참나, 알았으니 얘기해요"

"가면서 얘기해"

그리고 정학모와 난 호텔을 빠져나왔다.

신상사와의 결투

신상사 그리고 나

뉴서울 호텔 앞.

차에서 내려서 호텔 8층으로 올라갔다.

문을 열고 들어가니 조창조가 있었다.

"창조형, 무슨 일이에요?"

"……"

난 창조형을 보다가 쓰러져 있는 경헌이를 보았다.

피투성이가 되어 있는 경헌.

"이게 뭐야?"

"……"

"누가 이랬어요?"

"흥분하지 마"

"흥분 안 하게 생겼어요? 경헌이 아니에요? 경헌이가 이렇게 당했는데 내가 흥분 안 하게 생겼냐구요"

"흥분하지 말고… 앉아라"

"누가 그랬습니까?"

나는 호텔이 떠나갈 듯 크게 소리를 질렀고, 창조형이 흠칫한다.

"신상사가… 신상사가 그랬어"

"신상사? 이런 개새끼!!!"

"야 종철아 흥분 하지 말고 흥분 안 하기로 했잖아!"

"하~~ 이런 씨발 새끼들 죽여 버리겠어"

"……"

난 옆에 있는 전화를 들었다.

"석이냐 지금 애들 그곳에 있냐?"

"네 형님, 애들이 난리가 났어요. 기분 좋다고요"

"석아 내 말 잘 들어 지금 당장 애들 보내 사보이호텔에 가서 신상사 있는 거 확인해"

"형님 무슨 일이예요?"

"묻지 말고 당장 가봐! 그리고 나한테 전화해"

"네 형님"

"나 뉴서울 8층 000호에 있다"

"알겠습니다. 형님"

전화를 끊는 석이는 사태가 심상치가 않은 걸 눈치로 알았다.

형님 목소리가 다른 때하고 다르기 때문이다.

"무슨 일인데 그래?"

"형님 전화다. 모두 조용히 하고 내 말 듣는다."

모두 신나게 놀다가 조용해진다.

"전쟁이 났다. 모두 나간다."

그리고 모두 밖으로 나가는 일행들.

문이 열리고 석이가 들어온다.

"형님 무슨 일이에요? 경헌이형? 왜 그래?"

"경헌이가 당했다."

"네? 이런 개새끼들 다 죽여 버릴 겁니다"

석이는 다 죽여 버린다고 난리를 치고 정학모는 석이를 붙잡고 말리고 있다.

"내 방식대로 처리할 것이다. 내 방식대로 한 놈도 남김없이 당한 만큼 내 방식대로 해주겠다."

모두 나를 바라보고 있었다.

난 처음으로 내 동생들이 소중하다는 걸 알았고 내 눈에서 피눈물이 났다.

신상사가 회의를 하고 있었다.

신상사는 머리 회전이 그렇게 빠른 편이 아니지만 얍삽하면서도 상대방이 약하면 물고 뜯는 그런 체질의 비열한 인간이었다.

한참을 생각한 그는.

"이건 보통 사건이 아니다."

"글쎄 그놈이 대구에서 올라온 놈이 아니라 그 종철이놈 쪽일 줄이야 누가 알았겠습니까?"

"경헌이라고 하는 놈. 호남 쪽 애들이다. 그쪽 애들 보통 애들이 아냐"

"어떡할까요?"

"혹시 지금 어디 있는지 번개를 수배해봐"

"번개요?"

번개(박종석)는 호남 출신으로 신상사가 알고 있는 사람이었다.

수배하던 번개가 들어온다.

"무슨 일입니까?"

"큰일 났다"

"종철이쪽 애들하고 오해가 생긴 것 같아서 불렀다"

"……"

번개는 신상사한테서 대충 얘기를 듣고는 정학모를 만나게 된다.

정학모는 신상사 밑으로 들어가려고 얼마나 애를 썼던가 그렇게 노력했는데도 들어갈 수가 없었다. 지금이 기회라는 걸 잘 알고 있는 정학모다.

"그렇게 오해가 생겨서 경헌이가 당한 거야"

"그런 일이 있었구먼"

"그러니 이쪽하고 그쪽 하고의 전쟁은 피할 수 있게 잘 얘기 좀 부탁해"

"알았어"

"참, 이번 일 잘 해결되면 우리 쪽으로 올 수 있게 내가 잘 얘기해주겠어."

그렇게 번개는 정학모에게 제의를 하고는 돌아갔다.

정학모의 눈이 빛났다.

잘만하면 신상사 밑으로 이번 기회에 들어갈 수가 있다는 생각인 것이다.

문제는 종철이가 어떻게 나오느냐는 건데 종철이 성격상 가만있을 수 있는 성격이 아니라는 걸 잘 알고 있는 정학모.

"휴~~ 어떻게 될지는 두고 보자 잘되기를 바랄 뿐…"

그렇게 번개와 헤어지고 정학모는 종철이를 만나러 간다.

서울 아세아호텔 커피숍.

난 경헌이가 신상사 똘마니들한테 당한 걸 생각하니 분이 안 풀렸다.

이때 정학모가 들어온다.

"어디 갔다 오는 거야?"

"응? 일 좀 보느라… 이번 일 그냥… 전쟁 나면 서로가 다칠 것이고…"

"뭐야? 지금 그게 무슨 소리야? 빨리 잡아 와"

"……"

내 성격을 알고 있는 정학모는 앞에 있는 조창조에게 협조를 구한다.

"창조형, 이번 싸움은 안 돼요. 서로가 피해가 커집니다, 그리되면 어부지리로 다른 놈들이 이 기회를 차고 들어오려고 할 거란 말입니다"

"그러게… 학모말이 맞는 거 같다"

"형님 지금 그게 무슨 소리입니까?"

"어?"

"지금 경헌이가 놈들한테 당해서 쓰러져 있는데 그냥 모른 척 하라고 하는 겁니까?"

난 흥분해서 피가 거꾸로 올라오면서 호텔이 떠나가듯이 소리를 질렀다.

내 소리에 흠칫하는 조창조.

"그렇게 소리 지르지 마라 종철아 네가 하고 싶은 대로 해. 알아서 하란 말이다"

난 여전히 씩씩대고 있었다.

이때 양은이 한데서 연락이 왔다.

"형님, 아무리 뒤져도 없습니다. 놈들이 잠적한 거 같습니다"

"그래? 그럼 들어가지 말고 그대로 있어 내가 그쪽으로 넘어갈 테니까. 그리고 애들 보내지 말고 숙소 잡아 놓고 기다려"

"내 알겠습니다"

아무 말도 하지 않고 날 바라보는 정학모와 조창조.

난 그들을 뒤로하고 석이하고 밖으로 나왔다.

"괜찮을까요?"

"종철이를 난 믿는다. 아무 일 없을 거야 세상에 저놈을 건드리고 괜찮은 놈 있었냐? 저놈이야말로 진정한 건달이 아니냐"

그 말에 정학모는 눈치만 본다.

"우리도 기다리자 종철이한테 연락이 올 때까지"

날이 훤히 밝아 온다.

밤을 꼬박 새웠다

뜬눈으로 연락이 오기를 기다린다.

문이 열리고 양은이가 들어온다.

"형님, 이거 사 갖고 왔습니다, 이 개자식들을 이번 기회에 다 죽여버릴 겁니다"

"알았다. 다른 애들은"

"지금 준비하고 있습니다"

"아직 연락 없지?"

"네"

양은이는 칼 다섯 자루와 방망이 등을 갖고 온 것이다.

어젯밤부터 사보이 호텔에 매복조를 투입시켜서 잠복했던 애들한테서 연락이 왔다.

"형님 놈들이 나타났습니다. 신상사가 나타났어요"

"그래? 몇 명이냐?"

"총 8명입니다"

"알았다 계속 감시하고 있어 갈 테니까"

"네"

난 양은이를 바라보았다.

양은이는 비장한 결심을 한 모양이다.

이번 기회에 모두 쓸어버릴 기세였다.

"양은아 절대로 칼을 뽑지 마라, 놈들을 다 때려 쓰러뜨리고 누가 따라오거든 그때 칼을 보이면 된다."

"알겠습니다"

"가자"

"형님!"

이때 석이가 나선다.

"형님은 빠지십시오"

"응? 왜?"

모두 의아하게 석이를 바라본다.

"지금 형님이 가세하면 좋은데 형님은 뒷수습을 위해 빠져 주십시오"

"뭐야? 안돼!"

"형님, 그럼 저희 뒷수습은 누가 합니까?"

모두 나를 바라보았다.

"알겠다. 조심하고… "

"네"

전쟁터로 내보내는 내 마음은 부모가 자식을 내보내는 것처럼 가슴이 찡했다.

사보이 호텔.

문이 3개가 있으며 석이를 비롯해서 모두 자기들끼리 조 편성을 하고는 총지휘는 석이가 맡았다. 양은이는 수일이를 맡고 현구는 신상사를 처리하고 석이와 철이는 나머지를 맡기로 하는 작전이었다.

학모가 석이에게 부탁을 한다.

"석아… 번개 말이야 그 친구는 빼 줄 수 없겠냐. 내 친구라…"

"알겠습니다"

그렇게 작전은 잘 착착 진행되었다.

호텔 커피숍에 앉아 있는 신상사 일행들.

석이 일행이 들이닥치니까 당황을 한다.

번개가 앞으로 나서면서.

"야야, 너네 왜 그래? 이러면 안 되는 거 알잖아"

석이가 번개 앞으로 간다.

"나 좀 잠깐 봅시다"

하면서 허리를 꽉 잡아서 밖으로 끌고 나갔다.

"왜 그래? 왜, 이러지 않기로 했는데…"

"글쎄 나갑시다"

양은이는 수일을 보자마자.

"형님 새해 복 많이 받으셔야죠…"

"어… 그… 그래"

하는데 양은이는 수일의 머리를 잡아서 내팽개치면서 발로 허리 쪽을 강타한다. 푹 고꾸라지는 수일.

"야 이 새끼 죽여 버려"

그러자 똘마니들이 방망이로 수일의 머리며 허리며 마구 깨버린다.

아수라장이 되어버린 호텔 커피숍.

이때 누군가 소리를 지른다.

"신상사!!! 신상가 어디 있어?"

"신상사가 안 보인다."

신상사는 그렇게 미꾸라지처럼 빠져나간 것이다.

오리엔탈 호텔 203호실.

난 초조하게 기다리고 있었다.

전화벨이 울린다.

"형님 성공했습니다"

"그래? 잘했다"

난 양은이의 전화를 끊고 담배를 입에 막 물려고 하는데 문이 열리면서 피투성이가 된 현구가 들어 왔다.

"왜 그래?"

"형님 실… 실패입니다"

"뭐야? 양은이는 성공했다고 연락이 왔는데. 지금 무슨 소리야"

"신상사를 아무리 찾아도 없었습니다"

"그래?"

"다 찾아봤어?"

"네 다 찾아봤지만 신상사는 눈에 안 보였습니다"

"… 내가 갔어야 했는데… "

신상사는 운이 좋았다 내가 갔었더라면 신상사의 패거리들은 명동에서 사라졌을 것이다.

나중에 안 사실이지만 일본 야쿠자 니시야마가 신상사를 화장실에 밀어 넣고 숨어 있으라고 한 것이다.

그렇게 사건이 끝난 것인가...

사보이 사건.

명동파와 호남파의 나와바리(장소) 확장 싸움이었다고 한다.

하지만 명백히 그것은 내 친구 경헌으로 인한 폭력 사건이었다.

배신 그리고 또 배신

배신자는 누구인가?

1974년 새해 첫날.

신문사는 정신이 없었다.

신문사의 기계 소리가 정신없이 돌아간다.

"빨리 빨리해 다른 신문사보다 더 빠르게 말이야."

"이건 특종이야. 명동 폭력배하고 호남파가 붙은 사건이야 남들보다 빠르게 알리는 것이 우리 언론사 신문이란 말이야. 뭐 하고 있어?"

"알겠습니다. 하고 있어요. 지금 10분 후면 신문이 나올 거예요"

"빨리빨리 해가 뜬다고."

신문사 편집국장은 특종이라면서 종업원들을 닦달한다.

그렇게 신문에 대서특필하게 실렸다.

정초부터 폭력 사건이 신문에 대문짝만하게 나왔으니 국민의 감정은 어떠했으리라 짐작이 간다.

"이게 뭐야?"

"아니 어제 망년회때 이런 거야?"

"이런 쳐 죽일 놈들이 있나?"

"대한민국 땅에서 깡패들이 활개 치고 명동파 호남파? 이런 것들은 다 잡지 않고 뭐 하는 거야?"

"정부에서 가만있겠어?"

"가만 안 있겠지. 소탕하겠지"

"그러다 흐지부지되는 거 아냐?"

"아닐 거야 이번엔 다 잡아들이겠지"

"깡패 없는 세상에 살고 싶다"

"그런 세상이 어디 있어 인간들 사는 세상인데"

"그렇다는 얘기지 답답해서 그래"

"사람은 죽었데?"

"글쎄 그런 얘기는 없는데?"

"죽은 사람이 없다고?"

"원래 싸우면 서로 죽이고 그런 거 아냐?"

"이 사람아 옛날에 김두환이 시절 못 봤어? 일대일로 승부 하는거"

"그래그래 그리고 졌으면 깨끗이 물러나는 거지"

"그렇지 그 당시에는 그랬지 그게 건달하고 깡패의 차이점이야."

"아무튼 사람들이 안 죽었다니 다행이네"

"그래도 폭력배들이 개차반으로 싸우는 것은 없어져야 해 "

"그러게 말일세"

사람들은 그렇게 자기 생각들을 말하면서 새해의 아침이 밝아왔다.

병원.

혼수상태로 빠져 있는 수일.

병원 문이 열리고 한 남자가 들어온다.

이름은 한웅.

그는 박 대통령 누님에게 어머니라고 부르는 사이였다.

또한, 수일하고는 친한 친구 사이였다.

"야 수일아, 수일아 정신 차려봐! 누가 그랬냐 누가. 어떤 새끼들이야? 다 죽여 버리겠어"

"에그, 수일이가 저렇게 다친 걸 보니 마음이 아프네"

한웅이 어머니도 시경국장, 경찰국장을 세워놓고 수일을 이렇게 만든 장본인들을 잡아 오라고 한다.

사건은 더욱 꼬이기 시작했다.

당시에는 뒷수습이 필요 없이 무조건 튀어야만 했다.

잡히면 끝난다는 생각뿐이었다.

신상사 쪽이나 수일은 진정한 건달보다는 정치와 연계하는 습성을 가진 인물로서 그들은 적절하게 그들과 어울리고 있었다.

이 사건을 조사하면서 그들은 내가 시킨 줄을 몰랐다. 실제로 내가 오너인데 말이다.

잡혀갔던 아이들도 내 이름을 불지 않았다.

특별수사본부.

냉엄한 기류가 흐르고 긴장 마저 도는 곳이다.

누구든지 이런 곳에 끌려오거나 그냥 들어오면 온몸이 얼음이 될 정도로 기분 나쁜 곳이다.

지하실 한쪽.

묶여 있는 철이.

몽둥이를 든 형사가 철이 쪽으로 걸어간다.

몽둥이로 철이를 내려친다.

머리에서 피가 흘러나온다.

"이 새끼야 바른대로 불어!! 주동자가 누구야"

"으으… 몰라"

"몰라? 이런 개새끼!! 너 같은 깡패 새끼들은 죽어야 해!!"

또다시 몽둥이로 철이를 팬다.

기절하는 철이.

정신이 들라고 물을 철이에게 뿌려 버린다.

"…… 으…"

"불어 불어 이 새끼야"

"몰라 몰라요.."

"이 새끼야!!!"

"악!!!!!!!!"

또 다른 중앙정보부.

의자에 앉아 있는 정학모.

"야, 바른대로 불어"

"……"

"다 알고 있으니까 불어 이 새끼야!"

"난 싸운 게 아닙니다"

"싸운 게 아니면 거기 놀러 갔냐. 소풍 갔어? 이 새끼야"

"그게 아니고요.. 하 참"

"저 새끼도 깡패 새끼야 가만 놔두면 안 돼!!"

한 사람이 무엇인가를 들고 온다.

그리고는 학모의 머리통을 가격한다.

"헉!!"

"얘기해! 얘기하면 풀어 줄 테니까"

"몰라요 난 죄가 없다고요 말리기만 했다고요"

"이 새끼가 아직 정신을 못 차렸어? 여기가 어딘 줄 알아!!"

"윽~~~"

고문에 고문을 받던 정학모.

"이래도 주동자가 누군지 얘기 안 해?"

"하… 하겠어요…. 말하겠어요. 제발…. 그만 좀…"

"누구야?"

"오…"

"오 뭐야 이 새끼야"

"오종철입니다"

그렇게 정학모는 나의 이름을 불었으며 중앙정보부 쪽에 모든 걸 다 얘기했다.

정학모가 누군가.

학창 시절 신흥대학에 재학하면서 학생운동을 하는 날짜와 모이는 일시들은 내무부 정보과에 알려주는 스파이로 살았던 인물이다.

난 정학모의 그런 면을 모르고 받아 주었던 것이다.

세월이 흘렀다.

난 오랜 시간을 은둔생활을 했다.

수사본부는 단순한 폭력 사건 말고는 특이한 게 없고 또한 진전이 없다 보니 흐지부지 종결되었다.

물론 명령을 내린 것은 오종철이라는 것이 결론이 났지만.

지금 생각해 보니 내가 주동자 라는걸 한웅이가 알고는 손을 써서 종결시켰던 것으로 생각이 든다.

한웅이란 인물은?.

박정희 대통령 시절.

박정희 대통령 조카로 박정희 대통령 누님의 아들이고 유복자다.

박정희 대통령은 누님의 신세를 많이 졌다. 해서 박정희 대통령은 조카를 무지 예뻐했다.

박정희 대통령은 친인척을 모두 서울에 살지 못 하도록 하면서 지방으로 내려가 살도록 했으며 한웅의 어머니만큼은 서울에 살도록 했다.

그렇게 한웅의 기세도 하늘을 날 정도였다.

나이트클럽이 새벽 4시까지 영업을 하니까 모두 해장국을 먹으러 갔다. 남산 식물원 옆 해장국집이 서울에서 소문난 집이다.

문을 열고 안으로 들어간다.

들어가 보니 한웅이와 만규 그리고 보디가드 동식이가 있었다.

난 석이와 재근이 상복이와 들어갔다.

재근이는 한웅이를 보며 아는 척한다.

"이게 누구십니까, 웅이 형 아니십니까"

"......"

"해장국 드시러 왔습니까? 여기 해장국 맛있지요"

그때 한쪽에 있던 보디가드 동식이가 나선다.

"야 재근아, 조심해라 너 그러다 다친다."

"뭐야? 이 자식은 또 왜 그래"

"뭐 이 자식!!"

"그래 이 자식아, 죽고 싶냐?"

"이런 개새끼가"

"한판 붙을래?"

"그래 붙자"

그렇게 시작된 싸움.

어쨌든 우르르 밖으로 나갔다.

밖의 날씨가 서늘하다.

남산 야외 음악당.

두 사람이 맞짱을 뜨려고 서로 바라보고 있다.

누구라고 할 것 없이 서로 바라만 본다.

이것은 상대방의 약점 및 기회를 엿볼 수 있는 것으로 먼저 약점
을 잘 파악하는 쪽이 유리하다.

먼저 재근이가 먼저 주먹을 날린다.

그걸 피하는 동식이.

여기서 동식이는 원래 킥복싱을 하던 친구로 그쪽으로 이름이 있는 친구였다.

재근이가 계속 맞는다.

그러자 석이가 동식에게 다가가서 한방을 놓으려는데 민규가 눈치를 채고는 석이를 잡았다.

"야, 너 왜 그래?"

"왜 그러긴 이 자식아"

"이 새끼들이!!"

하면서 또 석이와 민규가 붙는다.

석이는 민규의 옆구리를 가격하자 그대로 쓰러진다.

이때 상복이가 옆에 있던 한웅이의 턱을 가격하자 쓰러지는 한웅.

난 당황했다.

"어? 야, 안돼"

상복이를 밀치고 뺨을 한 대 쥐어박았다.

상복이는 내가 친 것에 대하여 멍하니 바라만 보았다.

한쪽 뺨이 부어오른 듯 시뻘게져 있었다.

웅이가 그런 모습을 본 것이다.

석이한테 맞은 민규가 쓰러져 못 일어나자 난 민규에게 다가간다.

"석이야 택시를 잡아"

"택시요?"

"그래 빨리"

택시에 민규를 태우고 병원으로 갔다.

상대방 민규를 입원을 시키고는 밖으로 나왔다.

중부경찰서.

여기저기 취조하느라 바쁜 경찰서.

우리는 중부 경찰서로 연행되었다.

어제 한웅이를 건드렸으니...

한웅이가 누군가, 대통령 조카를 건드렸으니 나는 눈앞이 깜깜
했다.

"죄송해요. 형님"

상복이는 이 모든 것이 자기 탓이라고 한다.

"아냐 인마 괜찮아 뺨은 괜찮냐?"

"네 형님, 깜짝 놀랐습니다"

"미안하다"

"아니요 괜찮습니다"

몇 시간 후에 형사가 나를 불렀다.

"오종철 나와"

"네?"

"나가라고"

난 의아해하면서 경찰서를 나왔다.

나중에 안 일이지만 한웅이가 오종철은 관계없다고 얘기를 한
모양이다.

난 그길로 민규가 있는 병원으로 찾아갔다.

"좀 어떠냐?"

"… 많이 좋아졌어요"

"고소를 하면 어떡하냐? 남자들끼리"

"……"

이때 동식이가 보자고 했다.

"형님은 말리셨는데 우리끼리 맞상대한 거니까 없던 걸로 합시다"

"그래. 그래 주면 고맙지"

그렇게 해서 석이도 모두 풀려났다.

한웅은 남자였다.

성격이 워낙 좋아서 건달들하고 잘 어울렸다.

해장국집에서 가끔 만나면 우린 서로 눈인사를 한다.

내가 다 먹고 나가려면 벌써 한웅이가 계산을 끝낸 것이다.

"한웅 회장님이 다 계산 하셨어요"

"그래요?"

난 한웅하고의 친구가 될 기회를 얻지 못한 것이 아쉬웠다.

워낙 한웅은 막강했고 가까이하기가 어려웠다. 그런 그를 친구로 사귀었으면 도움도 되고 여러 가지로 좋았을 것이다. 물론 개인사로 사귀어도 되는 것인데 인연이 여기까지라고 생각했다. 우린 그렇게 사건이 마무리될 동안 난 도피했다.

아세아 호텔 커피숍.

담배 연기가 뿌옇다.

커피숍에는 나를 비롯한 양은이, 성호, 수철이가 함께 있었다.

"형님 언제까지 도피할 겁니까?"

"아무래도 시간이 걸릴 거다"

"그때까지 조용히 있는 것이 좋지"

커피 한 잔을 들려고 하는데 성광이가 들어온다.

"양은이 나 좀 보세"

"왜?"

"자네말이야…"

양은이는 그때 손을 다쳐서 깁스를 하고 있었다.

또한 양은이는 성격이 과격한 나머지 사소한 일도 상대방에게는 안 좋게 보이곤 했었다. 그래서인지 주변에 적들이 많이 있었다.

난 아무래도 이상한 느낌을 받았다.

"야 성광이 너 뭐야. 이 자식이 지금 뭐 하는 거야?"

"형님 그게 아니고요. 저… 그게…"

말을 얼버무리고 있을 때 또 다른 녀석이 들어 왔다. 승오다.

그놈은 나하고 눈이 마주쳤다.

그리고는 정중하게 인사를 하는 게 아닌가.

"오랜만이구나. 어떻게 지냈냐?"

"아네…"

분위기가 이상했다.

그리고 또다시 이번엔 광모가 똘마니들과 같이 들어온다.

"엉, 너도 오랜만이다 오늘 무슨 날이냐? 이렇게 다 모이고"

이때 양은이가 생각했다.

이놈들이 자기를 죽이러 온 것을 느꼈던 것이다.

양은이는 다치지만 않았다면 양은이의 성격상 놈들을 가만두었겠는가.

분위기가 이상한 찰나에 양은이는 상호, 수철이 애들이 준비를 해야 하는데 그걸 놓친 것이다.

허나, 그놈들은 내가 여기에 있을 줄은 몰랐던 거다.

우물쭈물하는 모습을 보면서 내가 나섰다.

양은이가 손도 다쳤기 때문이다.

양은이는 낌새를 보면서 놈들을 노려만 보고 있었다.

"여긴 내가 자주 오는 커피숍이다. 왜 이렇게 시끄럽게 만드냐. 밖으로 나가서 얘기해"

그놈들 승오 놈이 팀장이라 싸인을 주면 놈들은 분명히 여길 덮치기로 했는데 내가 있다 보니 이러지도 저러지도 못하고 있는 상황이었다.

놈들은 내 말에 모두 밖으로 나간다.

물론 양은이는 커피숍에 나하고 있었다.

상호와 광모는 평상시에 사이가 안 좋은 것으로 광모가 예전에 상호한테 맞는 일이 있었다. 그것을 갖고 있던 광모는 밖에서 상호하고 맞장을 뜨게 된다.

"여기가 어디라고 온 거냐?"

"뭐야 이 새끼 형님이 계시다고…. 죽여 버려!!"

광모의 소리에 놈들은 도끼와 칼을 꺼낸 것이다.

상호와 수철이는 상황을 보니 2대 8이라 열세인 것을 간파하고는 도망을 친다.

이때 도망치던 상호가 광모의 도끼에 맞게 된다.

"으악!!!"

"죽어 이 개새끼야!!"

광모의 타깃은 양은이였는데 내가 있다 보니 양은이의 화풀이를 엉뚱하게 상호에게 한 것이다.

참으로 어처구니가 없던 사건이었다.

사실 이전까지만 해도 그런 조무래기들은 내 앞에 오지도 못했다.

상상도 할 수 없는 일이다.

그런데 이젠 현실이 돼 버린 것이다.

양은이는 손에 깁스를 하고 있었고 양은이 똘마니는 놈들에게 당한 것이다.

장안에서 내놓으라고 하는 주먹들이 당한 것이다.

여하튼 반격을 못 해서 일어난 일이고 양은이도 도피 중이었으니까. 그냥 넘어간 것이다. 주먹은 빈틈이 있어서도 안 되고 절대로 생겨서도 안 된다는 교훈을 준 것이다.

부산의 야경.

멀리 부산의 밤바다 야경이 불빛에 반짝인다.

부산의 룸살롱.

"뭐야? 종철이 형님이 신상사라는 놈한테 당해서 지금 도피 중이라고?"

"네 분명히 그렇게 들었습니다"

"그래, 이런 개자식들 감히 형님한테. 다 죽여 버려야겠어"

"만만한 놈들이 아닌 것 같습니다"

"야 만만하고 자시고가 어디 있어 건달이. 그 새끼들은 건달도 아니야 깡패 새끼들이지 서울로 올라간다. 올라가서 부패한 깡패 새끼들을 모조리 쓸어버린다."

그렇게 부산의 건달 이강환이가 동생들을 데리고 서울로 상경한다. 하지만 정작 나는 그를 만나지 못했다. 사보이 사건이 아직 해결이 안 되었기 때문에 숨어다녀야 했기에 말이다.

나이트클럽....

조명이 돌아가고 가수들의 노랫소리가 들려온다.

문이 열리고 이강환이가 그의 동생들을 데리고 들어온다.

"어서 오십시오"

"야 여기 구달홍이란 놈 있냐?"

"네 저… 저기 계시는데요"

"저놈이 확실하냐?"

"네"

그 말에 이강환이가 그쪽으로 가려는데 정경식이 대신 성큼성큼 다가가더니 테이블 위에 있는 맥주병으로 구자홍의 머리통을 찍어버린다.

아수라장이 되어버린 나이트클럽.

"네가 구자홍이냐?"

"그런데 넌 누구야?"

"야 이 새끼들아, 너희는 건달이 아냐 깡패 같은 새끼들이지"

맥주병으로 머리를 내려치자 피투성이가 되어 쓰러진다.

"으악!!!!"

그렇게 하고는 이강환은 나를 만나보지도 못하고 부산으로 내려갔다. 난 지금도 이강환에게 감사하게 생각한다. 건달의 의리와 배려에 다시 한번 이 자리를 빌어 감사하다는 말을 전한다.

이강한.

부산의 칠성파를 오늘날까지 조직을 이끌고 있는 인물이다.

구자홍의 머리를 맥주로 깨버린 인물 정경식은 부산의 모든 주먹을 평정한 인물이다.

정경식은 충무로 연예계의 주먹으로 이름을 날렸던 〈임화수〉로 통한다. 그 후에 정경식은 서울로 올라와서 내 밑으로 와서 의탁하게 되며 이권 사업으로 편안하게 산다. 내가 정경식보다 세 살이나 아래인데도 정경식은 날 보스로 알고는 끝까지 나와 함께 한다.

그는 2009년에 건강이 안 좋아서 그만 세상을 떠난다.

보고 싶네. 이 친구야........

무교동 뉴타운호텔...

난 빠른 걸음으로 호텔 커피숍에 들어간다.

시계를 보니 오후 9시.

그동안 난 숨어다니면서 모아두었던 돈이 다 떨어졌다.

커피숍에는 만나기로 한 김종학이가 있었다.

"어떻게 잘 지내냐?"

"잘 지내긴 아직 도망 다니고 있다. 혹시 돈 갖고 있으면 그것 좀 줘"

"그래"

이때 커피숍으로 광모의 모습이 보였다.

"형님"

"응? 오랜만이구나"

"네 형님 저… 긴히 드릴 말씀이 있습니다"

"그래?"

난 녀석이 나에게 무엇인가 말할 게 있다고 해서 옆 테이블 쪽으로 갔다.

아무래도 평상시 그동안 해왔던 행동 하고 안 맞는다고 생각할 찰나에 놈은 가슴 쪽에 숨겨온 칼을 꺼낸다.

"죽어!!"

"헉"

난 무의식 동작으로 빠르게 옆으로 피했다 그리고 놈의 턱을 강타하려는 순간 놈이 내 얼굴 쪽으로 칼을 그어 버린다.

나는 다시 빠르게 피하면서 놈들을 봤다.

놈들은 칼을 일제히 다 뽑고는 죽일 듯이 나를 노려보고 있었다.

"광모 이 새끼"

"형님 오늘 죽어줘야겠소"

그리고는 일제히 나를 향해 들어온다.

칼들의 향연이라고나 할까.

번쩍이는 칼들을 보며 피하고 또 피하면서 놈들을 가격했다.

난 건달로서 살아오면서 양복도 구두도 와이셔츠도 당시 유행하는 최고급으로 입고 다녔다.

왜냐하면, 건달은 그래도 깨끗하고 반듯하게 입어야 한다는 나만의 개념이 있었고 깡패들하고의 차원이 다르다는 걸 보여 주기 위해서일까 아무튼 그날은 한껏 멋을 낸듯한 모양이라 행동이 좀 평상시와 부자연스러웠다.

아니나 다를까 놈들이 칼을 들고 들어오는 걸 보고 피하느라 피했는데 당시 엄청 비싼 구두 살롱화라는 구두를 신었는데 구두 뒷굽이 높은 거였다. 그걸 지탱하지 못한 결과로 난 그대로 옆으로 넘어지고 말았다.

건달의 최대 실수는 상대방에게 틈을 보여 주면 안 된다는 걸 항상 머릿속에 각인하고 있었지만, 상황은 그리 녹록지 않았다.

놈들은 그런 기회를 놓칠 리가 만무했다.

그대로 한 놈이 나의 옆구리로 칼이 들이댄다.

"죽어!!!!!"

그러자 난 테이블에서 바닥에 떨어진 재떨이를 들었다.

당시에는 재떨이가 엄청나게 큰 거였다.

"이놈들이!!!"

그때 뒤쪽 테이블에 있던 종학이가 우당탕하는 소리에 이쪽을 본 모양이다.

"형님!! 이 개새끼들!!!!"

하지만 종학의 눈에 비치는 광경은 시퍼런 칼들이 이리저리 왔다 갔다 하는걸. 본 것이다.

"종학아!!!!"

내 목소리에 정신이든 종학이는 그대로 달려왔다.

"야 이런 개새끼들아!!!"

놈들은 종학이의 외치는 소리에 그쪽을 본다.

난 기회는 이때다 싶어 일어나서 테이블을 번쩍 들고 놈들 쪽으로 던졌다.

"어이쿠!!!"

정모놈의 대갈통에 정통으로 맞혔다.

놈은 칼을 놓치자 당황한다.

난 다시 테이블을 번쩍 들었다.

"야, 튀어!!!!"

놈들은 그 자리에서 모두 도망을 친다.

나의 광기 어린 눈을 보았으리라 나 또한 미친놈처럼 저놈들을 죽여버려야 겠다는 신념뿐이었으니까.

당시에는 어떻게 그런 무거운 테이블을 번쩍 들었는지 나조차도 놀랄 뿐이다.

사람은 어려운 상황에 닥치면 초인간적 힘이 나온다는데, 그때는 내가 그랬던 모양이다.

커피숍 주인은 무슨 중국 영화의 한 장면 같았다고 후일담을 얘기해 준다.

그런데 아직 두 놈이 남아 있었다.

"저놈들 죽여 버리자"

놈들은 나를 보더니, 긴장을 하는 모양이었다.

칼을 들고는 부들부들 떨고 있었다.

난 주방으로 들어가서 칼을 찾았다.

하지만 칼도 주방장도 아무도 없었다.

주방장이 무서운 나머지 칼을 들고 도망을 친 것이다.

주방장의 생명은 칼이다. 군인이 총을 잃어버리면 끝장인 것처럼 주방장도 칼이 자기 목숨보다 더 중한 것이다.

난 나오면서 놈들을 보았다.

"저 새끼들… 죽여버릴 거다"

"종철아! 너 칼 맞았냐?"

"응?"

왼쪽 팔을 보니 피가 흘러내린다.

"으… 이런 개새끼!!!"

"야 안 되겠다. 병원부터 가자"

멍하니 한쪽에서 서 있던 녀석들은 사시나무 떨듯 있었다.

"야 이 새끼들아, 너희 운 좋은 줄 알아!! 종철이가 다치지 않았다면 너넨 죽은 목숨이야 이 새끼들아!!"

그 소리에 놈들은 그대로 무릎을 꿇었다.

종학의 팔에 의지한 채 밖으로 나왔다.

링거병에서 약이 톡톡 내려간다.

병실의 따스함이 나의 몸을 어루만진다.

문이 벌컥 열리면서 양은이가 들어온다.

"형님!! 무슨 일입니까?"

"……"

"어떤 자식들이 형님을 이렇게 만든 겁니까 다 죽여 버리겠습니다"

"양은아 됐다"

"형님!!!"

"더 이상 사건을 크게 만들지 마라"

"형님 내가 형님의 이런 꼴을 그냥 두고 보겠습니까? 이놈들을 다 죽여 버리겠습니다"

"양은아…"

"네 형님 알겠습니다"

양은이의 두 눈에서 피눈물을 흘리는 듯 보였다.

난 바로 그놈들을 잡아서 받은 만큼 혼내 주리라 했는데 지금 난 쫓기는 몸이 아닌가.

놈들은 그걸 노린 것이다.

이러지도 못하고 저러지도 못하고 마음만 부글부글 끓었다.

난 가만히 생각했다.

이번 사건은 내 일생일대의 치명타이다. 칼을 맞은 것이다.

지난 시절에는 칼이란 없었는데 오직 주먹으로 맞짱을 뜨고 상대에게 지면 깨끗이 승복하는 것이 그 시대였는데…

칼이라니…

난 양은이의 씩씩대는 모습을 바라보며 긴 한숨이 나왔다.

사건은 사건을 낳고 또한 복수를 낳는다.

이런 것은 시대의 변천사라고 할까.

시대와 시대는 변하기 마련이다.

주먹으로 의리로 맞짱을 하던 시대는 이제 서서히 저물어 가고 건달이 아닌 깡패의 세상이 되는 것인가.

칼과 몽둥이 각종 무기로 싸우는 시대로 변하는 것인가.

사보이 사건 후에 석이와 양은이는 도망 다니면서도 동생들을 관리하고 챙긴다.

광주에서 조송이라는 놈은 박 번개 동생으로 나이트클럽을 다니면서 행패를 부리는 녀석이다.

백남나이트는 양은이 동생 상호와 정세가 관리하고 있을 때였다.

양은이는 송이를 벼르고 있다가 정학모에게 상의하러 찾아간다.

"형님, 동생들이 먹고살려고 하는데 이 자식들이 와서 행패를 너무 부립니다"

"그래?"

"고향 선배라고 해서 한두 번은 참고 그냥 넘어가려는데 너무 심합니다"

"그래도 고향 사람들 아니더냐. 좀 참아"

"형님 참을 만큼 참고 기다렸습니다. 이번엔 안 되겠습니다. 손 좀 봐야겠습니다"

"......"

"형님!!!!"

"그래 알았다… 그런데 번개"

"네"

"번개는 빼라"

"네?"

"녀석은 내 친구 아니냐. 대신 송이는 네가 알아서 처리해"

그때 똘마니 하나가 들어온다.

"형님 놈들이 왔습니다"

"번개만 빼고 나머지는 오늘 손을 본다."

"네 알겠습니다"

나이트에 들어오는 사람들.

번개, 조송이, 홍봉이 이렇게 3명이 들어온다.

웨이터가 그들을 테이블로 안내한다.

"야!!! 술 가져와!!! 여기 씨팔 왜 이렇게 불친절한 거야!!!"

"네?"

"야 이 새끼야 시키면 빨리빨리 갖고 와야 할 거 아냐?"

하면서 웨이터를 발로 걷어찬다.

그대로 쓰러지는 웨이터.

이때 상황을 접수한 상호와 정세가 테이블로 간다.

"여기가 너희 놀이터냐? 이 새끼들아"

"이건 또 뭐야?"

하면서 번개가 테이블 밑에 붙어 있던 파이프를 빼낸다.

그때 상호가 번개의 손을 잡는다.

"번개 형님이시죠?"

"......"

"그냥 가십시오"

"뭐?"

"형님…. 그냥 조용히 가십시오"

하면서 번개를 데리고 입구 쪽으로 나간다.

송이와 홍봉이는 상황이 꼬이자 정세의 턱을 강타하려는데 정세가 누군가…

이 두 명은 전혀 정세의 상대가 되지 못한다.

정세와 상호는 두 명을 작살내 버린다.

"이런 개자식아 어디 와서 행패야 행패는!"

"너 같은 놈은 죽어 이 새끼야!!!"

"으악!!!!!"

두 명은 실신하듯 얻어터지고 홀 안은 엉망진창이 돼 버린다.

그리고 두 사람은 나이트클럽 사장의 고소로 기물파손죄로 경찰서로 들어간다.

참 한심한 사건이다.

건달이 아니 깡패들이 두들겨 맞고 빵에 들어갔다 나오니 얼마나 창피한 것인가.

그 후에 송이는 풀려난다.

"이 개새끼들 두고 보자. 내 가만있을 줄 아냐? 양은이 이 개새끼!!"

그렇게 양은이가 송이의 복수전의 타깃이 된다.

그 후에 태촌이는 서울로 진출을 하려고 기회를 보고 있는 찰나에 송이가 태촌이와 손을 잡게 된다.

그것은 송이가 양은이를 손보려고 태촌이와 손을 잡는 것이고 또한 우두머리인 번개는 친구인 정학모와 상의를 하면서 모의를 하게 된다.

그들은 모를 것이다. 실질적으로 장학모는 송이를 감방에 보내는데 명령 내린 사람인데 모르고 있었다.

"잘 지냈냐?"

"번개 잘 왔어. 무슨 일이야?"

"양은이를 손 좀 보려고"

"그래?"

"그 새끼가 송이를 죽여 놨거든."

"……"

"그래서 양은이 이 새끼를 이번에 죽여놓을 거야"

정학모는 생각한다. 여기서 정학모는 뜻밖의 제안을 한다.

"저기 말이야… 이건 내 생각인데… 양은이를 공격하는 것보다 오종철이를 손보는 건 어때?"

"뭐? 오종철이를 ?"

"그래 오종철이"

"왜?"

"오종철이가 누구야, 보스라고 하는데 똘마니들은 자기들 추종자가 없어지면 어떻게 되겠어, 그냥 놈들은 뿔뿔이 흩어지게 돼 있어. 양은이놈도 힘도 못 쓸 거고"

"그렇군…"

정학모의 얼굴에서는 음흉한 미소가 생기더니 이내 사라진다.

며칠 후.

석이가 커피숍에 앉아 있는 나에게 달려온다.

"형님, 학모 형님이 형님만 모시고 양복점으로 오시랍니다"

"양복점으로?"

"네, 양복을 맞추러 나오시랍니다"

"오늘인가?"

"그런가 본데요"

"오늘이 가봉하는 날인가?"

"글쎄요"

"가자"

칼에 피습을 당하다

내가 칼에 맞았어

그날은 1976년 10월 사보이 사건 후 2년 몇 개월이 지난 후였다. 밖을 보니 비가 주룩주룩 내리고 그날은 아주 기분 나쁜 날씨였다. 시청에서 무교동 쪽으로 걸어가면 엠파이어 호텔이 있다.

호텔 주차장 앞을 석이, 철이 그리고 나 셋이서 걸어가고 있었다. 석이가 앞으로 걸어가고 난 뒤에서 걷고 있었다. 바바리 차림에 비를 맞고 걸어가는 도망자의 내 신세가 왜 이렇게 되었는지 마음도 몸도 지쳐 있었다.

난 수배를 받은 몸이다. 그 어떤 자가 나를 숨겨주거나 도움을 준다면 그는 공범이 될 것이다. 이런저런 생각에 머리가 아파온다.

"젠장 어쩌다가 내가 이렇게 된 거지"

나 혼자 중얼거리고 걷고 있는데 갑자기 뒤쪽에서 딱 하는 소리가 들려왔다.

"헉!!!"

내 오른쪽 다리를 야구 방망이로 누군가 내리쳤다.

순간 나는 비틀거리고 무릎을 굽혀서 주저앉았다.

그래도 안간힘을 내서 일어나려고 애쓴다.

머리에서는 계속 피가 흘렀다.

난 눈을 부릅뜨고 정신을 악착같이 차리면서 상황을 둘러보았다.

비는 그칠 줄 모르고 계속 내리고 있다. 머리에서 흘러내리는 피는 멈출 줄도 모르고 얼굴 위로 쏟아지는 빗줄기가 피와 엉겨 붙으면서 앞이 희미하게만 보였다.

수십 명이 나를 빙 둘러싸고 있었다.

놈들의 손에는 칼과 도끼와 야구 방망이가 들려져 있었으며 모두 인상들이 더러웠다. 오늘 나를 죽이려고 작정을 하고 온 모양이다.

난 석이와 철이를 불러야 한다. 하지만 부르지 않았다.

그래 네놈들이 얼마나 센지 보자.

석이와 철이를 부르지 않았으니 이놈들도 모를 것이다.

내 힘으로 해보자.

난 힘을 내서 일어났다.

내 몰골은 저승사자와도 같았다.

머리에서 흘러나온 피는 얼굴과 온몸을 적시고 있었다.

놈들도 내 모습을 보고 섬뜩한걸 느끼나 보다.

한 놈이 나에게 도끼를 들고 달려들었다.

"덤벼 이 새끼들아"

"이 새끼 죽어!!!"

난 본능적으로 놈이 내려치는 도끼를 옆으로 피하면서 놈의 허리를 오른손으로 내려쳤다.

놈은 그 자리에서 고꾸라진다. 그런데 바로 그 찰나에 한 놈이 들고 있는 낫으로 날 찍는 거였다 .

난 순간 이제 끝이구나 생각했다. 그리고 또 한 놈이 칼을 들고 나의 종아리 쪽으로 들이미는 거였다.

"야 이 새끼야!!! 죽어!!"

"이런 개새끼들!!!"

난 이를 악물로 소리를 질렀다.

앞에 가던 석이와 철이가 내 소리를 들었는지 비명과 함께 돌아보게 된다.

"아니, 저런 개새끼들이"

"형님!!!!"

난 그 소리에 그 자리에서 주저앉아 버렸다.

석이는 달려오면서 노점상의 가스 호롱을 들고 미친 듯이 내 쪽으로 오면서 놈들에게 그걸 휘두른다.

"야 이 새끼들아!! 다 죽여 버릴 거다"

"형님!!!!!"

놈들은 미친 듯이 오는 석이와 철이를 보고는 목적을 달성한 것으로 생각을 했는지 도망을 친다.

"야 이 새끼들아!!!!"

끝까지 쫓아가는 석이는 이내 포기하고는 나에게 다가온다.

"형님, 괜찮으세요?"

"일어나요"

"형님 비 오는 길에서 이게 뭡니까 그만 일어나요 창피하게…"

"그… 그래… 일어나야… 지…"

하면서 난 그 자리에 쓰러졌다.

석이와 철이는 나를 보더니 깜짝 놀란 것이다.

얼굴이며 허벅지며 온통 피가 아닌가.

"형님!!!!!!!"

"택시 택시를 잡아!!!"

비 오는 날이라 그런지 택시들이 그냥 지나친다. 또 사람이 피투성이라 그런지 그걸 보고는 택시기사는 태우지를 않는 것이다.

"에이!! 만원! 만원!!!"

끼~~~~익

지나가던 택시가 급히 선다.

돈이 좋긴 좋은가 보다.

간신히 택시를 잡고 나를 데리고 병원으로 간다.

"형님 정신 차리세요"

택시 운전사가 병원을 물어 온다.

"어느 병원으로 갈까요?"

"아무 병원… 아니 변두리 쪽 아무 병원으로 갑시다"

"네"

난 마지막 힘을 내서 석이를 부른다.

"석아… 안국동 한국병원으로 가… 안국동… 한국… 병원…"

그리고 난 정신을 잃었다.

택시는 안국동 한국병원으로 간다.

"끼~~~~익"

"빨리빨리, 간호사!!! 간호사!!!"

병원에 내린 석이는 급하게 간호사를 찾는다.

응급실에 들어갔으나 의사는 펄쩍 뛴다.

"환자분 우리병원에서는 안 됩니다. 잘못하게 되면 환자분은 죽습니다"

"뭐야 이런!! 그런 게 어디 있어!!"

흥분한 석이를 철이가 잡으면서 의사에게 다시 말한다.

"선생님 죄송합니다. 이분 아니 저희 형님이 우선 피가 안 나오게 멈추게 해주십시오 부탁합니다"

하면서 녀석은 의사에게 무릎을 꿇는 거였다.

"알겠습니다. 우선 출혈을 멈출 수 있게 조치해드리고 서울대학병원으로 옮기십시오.

"삐~옹 삐~옹 삐~옹"

앰뷸런스의 사이렌 소리와 함께 난 서울대학병원으로 갔다.

"선생님 응급 환자입니다. 지금 출혈이 심해서 일단 응급조치는 했다고 합니다"

"알겠습니다. 빨리 옮기십시오"

수술대 위에 누웠다.

수술대 위 조명이 밝게 나를 비춘다.

그리고 난 점점 정신이 가물거린다.

"어머니, 난 이 세상에서 어머니가 제일 좋아"

"나도 우리 종철이가 제일 좋은데"

"정말?"

"그럼"

점점 가물거리는 초점.

또 다른 환영이 보인다.

"서울 가면 꼭 성공해야 한다."

"알았어. 형"

"이거 어머니 재봉틀 판 돈이다"

"형~ 꼭 권투 선수로 성공해서 돌아올 거야"

점점 희미해지는 기억 속에서 또 어떤 형상이 보인다.

어디선가 보았던 얼굴 나의 아내였다.

"여보, 우리 행복하게 삽시다"

"고마워요. 여보"

"아니야 내가 당신에게 잘해준 것도 없는데"

"이만큼 잘해주었는데"

"건달이라는 나에게 시집와서 고생만 하네"

"난 괜찮아요"

점점 희미해지는 내 정신에 옛일들이 시네마처럼 스쳐 지나간다.

점점 나의 환영이 멀어진다.

"어머니……."

그리고 난 정신을 완전히 잃었다.

눈을 뜨니 병원 창가의 햇살에 눈이 부시다.

"여긴…?"

"한국 병원입니다"

"한국병원요?"

"네, 서울대학병원에서 수술하시고 입원실이 없어서 한국병원으로 다시 온 것입니다"

"……"

난 누워서 그동안의 일을 가만히 생각했다.

내 일생일대의 주먹 인생에서 잊을 수 없는 사건이다.

왜 정학모가 양복을 맞추러 오라고 했을까.

석이에게 둘만 가라고 했을까.

나중에 안 일이지만 번개와 학모가 이 사건의 주동자이며 모든 계획을 해서 나를 유인한 것이다. 사건 후 번개는 신상사에게 이용을 당한 걸 알고는 신상사를 떠난다.

이런저런 생각을 하고 있을 때 노크 소리와 함께 5명의 남자가 들어온다.

난 긴장을 했다.

또 놈들인가?

"몸은 어떠십니까?"

"……"

"놀라지 마십시오. 오종철 씨 당신은 중태입니다."

"……"

"우린 경찰입니다. 사실대로 말씀해 주십시오"

"글쎄요… 그날 비가 와서… 또 술 한잔을 했기에 길을 가는데 그 사람들이 날 잘못 보고 찌른 거 같습니다"

"네??"

경찰들은 내 말에 어이가 없는 듯했다.

나중에 알고 보니 신상사가 이들을 나에게 보낸 것이다.

그렇게 신상사는 엽사꾼이면서 나에 대해 불안했을 것이다.

나에 대해 탐문을 하란 지시가 있었겠지.....

그들은 그렇게 가버리고 잠시 후 문이 열린다.

"형님!!! 괜찮아요?"

"응 왔냐?"

양은이 하고 석이 등 모두 달려왔다.

"형 이제 살아났네요"

"난 죽는 줄 알았죠"

"석아"

"네?"

"혹시 말이야 나도 대를 이어야 하는데 내 그거 잘리지는 않았냐?"

"네???"

내 말에 모두 어이없다는 식이다. 꼼짝 못 하고 눈만 멀뚱한 채로 움직이지 못하니 그럴 수밖에 없었다.

모두 킥킥대고는.

"형님 멀쩡합니다. 수십 명도 낳을 수 있답니다"

"다행이다"

며칠 후 병원에 석이가 왔다.

"형님 괜찮으세요?"

"응, 석아 여기 오면 안 돼 경찰들이 올지 모르잖아"

"형님 그런 거 무서우면 오지를 않죠"

바로 그때 병실 문이 열리면서 경찰들이 들이닥쳤다.

"은희석 널 체포한다."

"내가 무슨 죄가 있다고 그래요?"

"그런 건 경찰서에 가서 얘기해"

그러면서 석이는 내 눈앞에서 잡혀갔다.

난 석이의 뒷모습을 바라보면서 눈에서 피눈물이 흘렀다.

"석아!!!!"

"형님!!!"

나도 물론 기소 중지라 치료가 끝나면 바로 감방으로 들어가야 할 상황이다.

문밖에는 경찰들이 지키고 있다.

이 상황을 어떻게든 바꿔야 한다.

양은이가 병실로 몰래 들어왔다.

물론 경찰들을 속이고 들어 온 것이다.

"형님 그 새끼들을 싹 쓸어버리려고 동생들한테 준비시켜 놓았습니다"

"양은아, 내 말 잘 들어라,"

"네 형님"

"절대로 칼은 쓰지 마라"

"네?"

"칼을 쓰지 말라고 했다. 나중에… 나중에 알려주겠다."

"알겠습니다. 형님"

당시 상황에서는 태촌이가 보냈다는걸 양은이가 알았다면 앞뒤 생각 없이 전부 쑤셔댔을 것이다.

양은이 성격을 내가 안 것이다.

그래서 양은이를 불러서 자초지종을 얘기했다.

"절대 형님 말씀대로 하겠습니다"

"고맙다"

"어서 빨리 완쾌되십시오"

"......"

탈출하다

탈출

그리고 며칠 후 병실 문이 열리고 한국병원 원무과장이 들어온다.

경찰들의 빈틈을 이용해서 나에게 접근한 것이다.

병원은 과거에 내가 자주 다니던 병원으로 친한 선배가 소개해 준 병원이라 원무과장도 나에게는 잘해주었다.

"오종철씨!! 빨리 도망을 가야 합니다"

"네?"

"병원비는 일단 있는 대로 주시고 나머지 모자라는 것은 나중에 벌어서 갚으시고요"

"고맙습니다. 과장님"

"이게 다 사람 사는 일 아닙니까"

"네…"

그리고 난 동생들과 탈출할 계획을 짠다.

여기서 잡히면 난 끝이며 조직은 와해된다.

내가 살아야 동생들을 책임질 것 아닌가.

병원에서는 영두란 녀석이 망을 보고 통로를 비롯한 비상구를 전부 체크한다.

"어이 거기 뭐요?"

"네?"

"누구신데 여기서 얼쩡거립니까? 이 병실은 출입 금지입니다"

"아닙니다. 저는 그 옆 환자 보호자인데요"

"아 그렇습니까. 죄송합니다"

들킬 뻔했다. 조심해야 한다.

드디어 탈출하는 날이다. 경찰들은 교대로 지키고 있었다.

늦은 밤.

병원 전체가 불이 꺼지고 비상등과 희미한 불빛이 복도에 켜져 있었다. 내 병실 입구를 지키던 경찰은 꾸벅꾸벅 졸더니 길게 하품을 하고는 일어난다.

화장실을 가는 모양이다.

영두와 상호가 그 상황을 알고는 급히 들어와서 나를 업고 비상문을 나선다.

어찌나 빠른지 녀석들의 동작은 미리 연습을 한 것처럼 보였다.

우리가 비상구로 사라질 즈음, 경찰은 화장실에서 나와서 다시 입구에 앉아 하품하고는 사방을 살피고는 아무 일 없는 듯 이내 다시 졸기 시작한다

우선 급한대로 양은이 집으로 간다.

양은이가 나의 다리를 보더니, 심각해 한다.

"형님, 다리 한쪽은 수술했는데 나머지 상처가 문제입니다. 이대로는 안 되겠어요"

"흠…"

"한쪽은 괜찮은데 다른 곳은 수술해야 합니다"

"그래…"

"형님 제가 아는 병원으로 가시죠"

먼저 수술했던 병원에서 급하니까 급한 쪽 먼저 수술하고 회복되면 다시 나머지도 수술하려고 했지만, 상황이 급하니까 도망친 거였다. 그래서 비밀리에 난 한양대병원 특실에 입원하게 된다.

동생들에게 미안한 생각이 든다. 나를 불구의 몸으로 만들면 안 되겠다는 양은이의 마음에 감사한 생각이다.

이 세상 누가 양은이를 나쁘다고 말해도 난 양은이의 마음을 안다.

놈은 사사나이 중의 사나이다. 아무리 힘들고 그래도 절대 배신하지 않으며 의리로 살아온 놈이다.

고맙다 동생……

어릴 때 무교동에서 건달들이 잡혀가면서 잘못을 외치던 이정재의 모습이 떠올랐다. 난 이정재처럼 되지 않겠다던 나였는데……

시간은 흐르고.

병실 창가에 예쁜 간호사가 빨리 완쾌되라고 갖다 놔준 화분에서 꽃이 피었다.

좋은 일이 생기려나 하는 마음에 오늘도 눈을 뜬다.

병실 문이 열리고 오대원 친구가 문병을 왔다.

"아이고 진작 왔어야 하는데 대구에서 일이 있어 이제야 왔소"

"잘 왔네"

"종철아, 나 말이야…"

"……"

"종철아!!"

"무슨 일이야?"

"나 좀 도와다오 깸보 형하고 길순이 때문에 밀려서 말이야 나는 이제 대구를 떠나야 할 판이네 완전히 코너에 몰렸어 종철아 힘 좀 써다오"

"그렇게 심각해?"

"심각이고 뭐고 간에 큰일 났다. 제발 도와줘"

"……"

"부탁한다. 부탁해 오죽하면 내가 대구에서 여기까지 왔겠나 그 것도 성한 사람이 아니고 병실에 있는 환자한테 말이다"

"알았어"

"정말 도와줄 건가?"

"그래!!"

"역시 보스가 최고다!!"

난 오대원의 얘기를 더 듣고 있었다.

얼마나 설레발을 떠는지 머리가 아플 지경이었다.

"영두야 !!"

병실 문이 열리고 문 밖에서 지키고 있던 영두가 들어온다.

양은이와 상호 그리고 영두가 병실 문 앞에서 칼 차고 여차하면

살수를 펼치려고 지키고 있었다.

"영두야, 네가 말이야 대구 좀 내려가서 대원이 좀 도와줘야겠다."

"지금 말입니까?"

"그래 대원이하고 같이 내려가"

"네 알겠습니다"

그렇게 대원이하고 영두는 대구로 내려갔다.

대구에는 원래 폭력 조직이 동네 이름을 따서 만든 향촌동파, 그리고 동성로파가 있다.

향촌동에는 술집 등 여관 유흥업소가 밀집되어 있고 동성로에는 백화점, 극장, 다방이 많은 동네다.

향촌동에는 깸보라고 손규학 선배로 창조형 친구가 보스고 그 밑에는 길순이라는 인물이 대장이다.

오대원은 동성로파의 보스인데 좀 약한 편이다.

대구역...

대구역에서 나오는 상호와 영두 그리고 오대원이다.

택시에 올라타고 출발하는 사람들.....

정보에 의하면 깸보는 수다방에 나온다고 했다.

수다방 앞에 택시가 와서 멈춘다.

수다방 안에는 담배 연기로 꼭 차 있었다.

그래도 뭐가 좋은지 쌍쌍들이 와서 수다를 떨면서 깔깔거린다.

다방 안을 예리하게 둘러보는 영두...

"이 안에 있습니까?"

자세히 살피는 오대원.

"어? 여기 없는데? 정보가 틀렸어."

"그래요? 일단 여기 자주 온다고 하니까 기다려 보지"

"네"

그렇게 3일을 기다렸지만 깸보는 끝내 나타나지 않았다.

운이 좋은 건지 아니면 눈치를 챈 것인지는 몰랐다.

그렇게 기다리는데 오대원 똘마니가 급히 들어온다.

"나타났습니다"

"깸보야?"

"아니요 길순입니다"

"그래? 어디야?"

"수성못 유원지 풀장이라고 합니다"

"알았어 가지!!"

그렇게 수성못 유원지로 출발한다.

수송못 수영장.

길순 일행들이 수영복 차림에 우동을 먹고 있었다.

"맛있냐?"

"응 난 여기서 먹는 우동이 진짜 맛있더라"

"아냐 대구역 근처 포장마차가 제일 맛있어."

약 6~7명 정도가 모여서 우동을 먹고 잡담을 하고 있었다.

이들도 동성로파와의 전쟁이라는 긴박감에 한시도 눈을 떼지 못

하고 긴장을 하고 있는 거였다.

"누굽니까, 저놈들 중에 길순이란 놈이"

"저기 가운데 앉아 있는 놈이다"

영두는 봉철이가 가르쳐준 길순을 바라본다.

영두와 상호 둘이서 길순이 있는 곳으로 다가간다.

그 뒤를 봉철이가 쫓아간다.

"야 이 새끼야!! "

"누구… 악!!!!"

누구냐고 물어볼 사이도 없이 번개같이 상호가 길순이의 머리통을 야구 방망이로 냅다 내려친다.

그 자리에서 쓰러지는 길순. 그리고 영두와 봉철이가 칼을 뽑았다.

길순의 똘마니들은 그런 상황에 길순을 막아주는 것이 아니라 옆으로 바다의 해일이 밀리듯 쫙 벌어진다.

"이런 개새끼!! 으… 으…"

그렇게 야구 방망이가 부러진 채로 맞은 길순이가 피를 흘리며 일어난다.

그 어떤 힘일까?

상호는 덩치가 남산만 하다.

그런 덩치에서 뿜어져 나오는 힘으로 내리쳤는데 그 자리에서 원래는 사망이다.

그런데 일어난다.

아마도 무의식이겠지만……

"이런 개새끼 일어나?"

하면서 다시 부러진 야구 방망이로 또다시 내려친다.

그리고 영두와 봉철이가 들고 있던 칼로 허벅지를 찌른다.

그 자리에서 쓰러지는 길순.

그리고 몸이 한차례 들썩이더니 조용하다.

"……"

"죽었나?"

"그랬겠지…"

그렇게 길순은 이 세상을 허무하게 보냈다.

영두는 그 이후 10년, 상호는 8년 봉철이가 무기 징역형을 받는다.

참 안타까운 사건이다.

죽은 길순이는 나를 참 잘 따랐다.

하지만 이 세계는 참, 알 것 같으면서도 또 모를 것 같은 것들이 많이 있다.

얽히고설키는 일들이 말이다.

사실 난 영두에게 대원이를 도와주라고 했다.

지시를 내리지는 않은 것이다.

이건 분명한 사실이다.

참 복잡한 것이 이 세계이다.

그 일이 있고 난 뒤 오대원이는 스타가 된다.

서울에 있는 오종철이가 봐준다고 소문이 난 것이기 때문이다.

대구에서 그렇게 큰 사건은 처음이다.

그리고 오대원이는 대구, 경북지역의 대장으로 군림하게 된다.

한때는 그래도 이강환이가 알아주는 세력이었는데 이제는 오대원이의 세력이 막강하게 된다.

신뢰라는 것은 명백히 건달 세계에서는 중요하다.

신뢰가 깨지면 모든 것은 끝난다.

본인뿐 아니라 조직까지 와해 될 수 있는 것이다.

그런데 그런 오대원은 나에 대한 신뢰를 저버린다.

건달의 기본인 신뢰를 저버리고 오대원은 자기만의 구축에 대한 것에 집착하게 된다.

어느 날 오대원은 나를 찾아와서 도움을 청했지만 난 거절한다.

대구의 오대원 부하들은 오종철의 뒷배로 살아 온 그였기에 더욱 오대원을 보스로 인정하지 않는 계기가 찾아온다.

그리고 오대원은 끝내 그 자리에서 내려온다.

그리고 영원히 주먹의 세계를 떠난다.

난 전국 주먹계의 영향력을 실감하고 느끼면서 건달의 신뢰가 왜 중요한지를 알게 한다.

세월이 많이 지났지만 늦게나마 죽은 길순이 그리고 형을 마치고 나온 동생들에게 이 자리를 빌어 명복을 빌고 싶다.

창가의 유리창엔 빗줄기가 하염없이 내린다.

1976년 3월.

초봄의 하늘은 구름 한 점 없이 맑은 날이다.

태촌이 한테 습격을 당하고 병원에 입원하고 난 후부터 양은이와 태촌이의 전쟁이 시작된다.

보스인 내가 당했는데 양은이가 가만있을 리 없었다.

의리와 강단이 확실한 양은이다.

누가 어떤 사람들이 양은이를 뭐라 해도 난 양은이를 믿는다.

녀석은 한다면 하는 성격까지 날 닮았다.

또한 의리가 있는 녀석이다.

두 사람을 비교하면 양은이는 한번 보스면 죽을 때까지 보스인 것이다. 하지만 태촌이는 정반대의 인물이라고 볼 수 있다.

여하튼 양은이와 태촌이의 전쟁으로 뒤숭숭 한 것은 사실이다.

그런 서로의 감정 사이에 끼어든 인물이 있다.

중국 춘추시대를 보면 유비와 관우, 장비 그리고 조조가 있다.

조조란 인물은 간계가 뛰어나며 임기응변에 따라올 사람이 없을 정도이다. 그런 인물이 바로 희대의 모사꾼 정학모다. 정학모는 번개를 이용해서 이 건달 세계에서 나를 완전히 제거하려는 음모를 꾸미게 된다.

오종철이가 칼을 맞고 기소 중지란 사실을 알고 있기 때문에 다시 건달 세계에 등장할 리 없을 거라고 단정을 해버린다.

그는 설계도를 그려가면서 보스의 꿈을 꾼다.

양은이와 태촌이를 서로 화해시키고 그 위에 본인이 보스가 되는 그런 꿈 말이다. 허나, 어디 건달들의 역사를 그런 얄팍한 모사로 바꿀 수가 있을까....

호텔 커피숍.

커피숍 전체가 조용한 느낌에 가끔 들려오는 피아노 소리의 음률이 메아리친다.

테이블에 앉아서 초조히 누군가 기다리는 정학모.

누군가 테이블에 앉는다.

"어 왔어?"

"… 네"

"잘 왔어, 그러잖아도 석이를 기다리면서 혹시나 했지"

"……"

"안 오나 하고 말이야 하하하. 이렇게 오라고 해서 미안해"

"아닙니다… 하실 말씀은.."

"응? 아 그렇지 여기 커피 좀"

"네"

두 사람은 아무 말이 없다 서로를 바라본다.

그리고 입을 여는 정학모.

"저기 말이야… 난 여태껏 석이를 봐왔지만…. 정말 아까워…. 난 말이야 석이를 볼 때마다 내 친동생 같은 생각이 들곤 했지!"

"……"

정학모의 뇌에는 기가 막힌 뇌가 들어 있는 듯했다.

석이는 정학모의 제의에 넘어간다.

정학모의 모사(謀士)가 석이에게 먹혀든 것이다.

삼국지에서 조조의 역할은 엄청나다. 조조의 기막힌 전술은 따라올 사람들이 없을 정도고 냉정하면서도 술수에 능하다.

그런 조조 같은 인물이 정학모이기 때문에 석이는 정학모가 말할 때마다 고개를 끄덕인다.

만족해하는 정학모의 눈가와 입술이 부르르 떤다.

또 다른 커피숍.

한쪽 테이블에 인상을 쓰고 앉아 있는 양은이.

"하~ 이런, 왜 안 오는 거야? 약속한 사람이 먼저 와있어야 하는 거 아냐?"

"그러게 말입니다"

"젠장, 형님만 아니면 그냥 가버린다."

이때 들어오는 정학모.

"어이구 오래 기다렸지? 미안 미안 하하하"

"뭐 커피?"

"됐고요… 날 보자고 한 이유가 뭐요?"

"어~ 그렇게 급하긴… 천천히 천천히 얘기하자고"

"나 그렇게 한가한 사람 아닙니다"

"양은이… 양은이가 누군 줄 나도 잘 알아… 흠… 지난번부터 양은이를 유심히 봐왔지. 이번에 나를 도와줘…."

"도와줘요? 누굴?"

"누구긴 양은이가 나하고 함께 하자는 얘기지 나하고 손을 잡자 이 말이야."

"네?"

"그리 놀라지 말고 내 제안을 들어봐 이리 가까이 와봐"

정학모는 양은이에게 귓속말로 얘기한다.

벌떡 일어나는 양은이.

"됐습니다. 없던 일로 하겠습니다"

그러고는 휭 하니 나가 버린다.

"저런 개자식…. 어디 두고 보자"

정학모의 얼굴이 일그러진다.

여기서 석이는 사실 어떻게 보면 건달보다는 똑똑하고 영리해서 사업을 하면 더욱 잘 어울리고 잘되었을 거라는 생각이 든다.

또한 양은이는 성격상 한 번의 인연이 끝까지 간다는 신념이 남다르게 있었다. 그래서 정학모의 모사에 양은이가 끝까지 거절한 것이다. 그렇게 보면 건달로서 양은이를 석이보다 높게 평가를 한다. 내가 이런 말을 하는 것은 오직 내 신념이기 때문이다. 난 건달로서의 기질을 말하는 것이다.

건달 밥을 먹고.

건달로 살아갈 것이며.

깡패처럼 아니 양아치처럼 살지 않을 것이기 때문이다.

그래서 정학모의 뜻은 아니 꿈은 이루어지지 않는다.

양은이와 태촌이의 만남이 이루어지는 밤.

두 사람은 아무 말도 하지 않은 채 서로를 바라본다.

누구의 눈동자가 움직이는 것조차 용납할 수 없는 듯…

말없이 서로를 응시한다.

이때 양은이가 먼저 입을 뗀다.

"잘 들어라… 너와 나는 물과 기름 같은 존재다… 그래서 너와 난 이루어질 수도 어울릴 수도 없는 것이다… 우리는 전쟁을 치러야 한다. 끝을 봐야 한다. 이 말이다."

"나도 그렇게 생각했다."

"선배들이 계속해서 널 만나라고 해서 이렇게 나온 것이다"

"나도 마찬가지다"

"너와 난 타협이 없다."

"나도 그렇다"

"그래서 난 너를 평생 친구가 아닌 적으로 생각한다."

"......"

그리고 자리에서 일어나는 양은이.

양은이의 뒷모습을 바라보는 태촌.

"그래 나도 널 친구라 생각 안 한 지 오래다. 넌 적이기 때문이다"

이때 이 광경을 멀리서 바라보는 인물..

정학모..

그의 얼굴에는 알 수 없는 표정이 있다가 사라진다.

김영삼 그리고 이철승 김태촌

넌 정치깡패도 아냐

국회의원 김영삼 사무소.

심각하게 앉아 있는 김영삼.

"의원님, 저쪽 기류가 이상합니다"

"……"

"아무래도 우리도 뭔가를 준비해야 할 것 같습니다"

"그렇습니다. 이철승 후보 측에서 깡패들을 준비했다는 정보가 있습니다"

"깡패? 무슨 깡패"

"의원님 쪽에서 이길 수 있다는 것을 알고 저쪽에서 전당대회를 무산시키려고 준비를 하고 있다는 정보입니다. 거기에 김태촌이라는 깡패를 앞세우고 말입니다"

"김태촌?"

"네. 놈은 아주 무식한 깡패입니다"

"그래서, 우리도 저쪽이 깡패를 동원하니까 우리도 하자는 거야?"

"네 그게... 정당하게.."

"뭐가 정당 한 거야 깡패를 동원해서 어떻게 하려고. 이 사람 참"

"죄송합니다"

"우린 우리만의 것으로 하면 돼"

"알겠습니다"

하지만 김영삼 쪽에서는 최형우 국회의원이 김태촌을 만나게 된다.

"나 최형우요"

"김태촌입니다"

"이거 얼마 안 되는데 받으시게 그리고"

"알겠습니다. 무슨 말씀을 하시는지"

하지만 김태촌은 그렇게 최형우 국회의원에게 200만 원의 돈을 받았음에도 배신을 하게 된다.

국회의원 이철승 사무소.

의자에 푹 앉아 있는 이철승.

"인사드립니다. 김태촌입니다"

"김태촌? 아하~ 자네. 그래 잘 왔어."

"네"

"앉아, 앉으라고"

의자에 앉는 태촌.

"자네 말이야 잘나간다는 얘기 들었어."

"감사합니다. 모든 것이 의원님께서 보살펴준 덕분이라고 생각합니다"

"하하하 뭘 알고 있는 친구구먼, 그래 오늘 보자고 한 건 잘 알고 있겠지?"

"네, 대충…"

"좋아, 다시 한번 말하지만 잘 듣게"

"네"

"자네들이 할 일은 신민당사로 들어가서 김영삼을 끌어내"

"……"

"그리고 첫 번째, 당의 직인을 탈취한다. 두 번째, 직인 탈취에 실패하면 대의원 명부를 불태워서 대의원을 다시 선출하게 한다. 세 번째, 당직자들을 인질로 잡고 5월 25일까지 농성해서 전당대회를 무산시킨다. 이상"

"알겠습니다"

"자신 있나?"

"여태껏 그런 일만 해 왔던 놈입니다. 지켜봐 주십시오"

"좋아, 좋아! 아주 좋아, 자네 맘에 들어"

"감사합니다"

그렇게 모든 준비는 끝났다.

5월 22일 신민당사.

"무조건 들어간다!! 방해하는 인간들은 모두 죽여 버려!!"

"알겠습니다"

"우와!!!!!!!!!!!!!!!!"

각목과 쇠파이프를 들고 국회의원들이 머무는 야당 사무실에 진입하는 태촌과 그의 일당들.

"거기 막아!!"

"저 새끼 죽여!!"

"으악!!!"

"이런 깡패 새끼들!! 경찰들은 뭐 하는 거야!!!"

"잡아라!!! 잡아!!"

"바리케이드를 쳐라!!!"

"준비해 빨리"

"으악!!!"

여기저기 난리가 난다. 피가 튀고 머리가 깨지고. 부상당한 사람을 업고 뛰는 사람. 여기저기 아수라장이다. 김영삼 계열은 김영삼과 함께 바리케이드를 치고 총재실로 대피한다.

"이것 봐!! 너희가 그렇게 버티면 다 죽어, 그러니 항복해!!"

김영삼은 소리를 지른다.

"이놈들아 이 깡패 같은 놈들아, 깡패에게 맞아 죽는다고?

내 기어이 박정희 정권을 무너뜨리고 이철승 국회의원을 매장시키고 말겠다."

"말로 해서 안 되겠다. 애들아 들어가!!"

"네 형님!!"

태촌이는 동생들을 시켜 안으로 진입한다.

도끼로 문을 부순다.

"이놈들아, 여기가 어딘 줄 알고 들어오나 이 깡패 같은 놈들아"

"김영삼!!! 이런 씨팔 누가 깡패야!! 깡패한테 오늘 죽어봐!!"

하면서 김영삼을 찾는데 안에 있던 의원들은 김영삼을 데리고 창문으로 피신하면서 뛰어내린다.

"으악!!!"

창문으로 뛰어내렸던 김영삼은 다리를 골절당한다.

국회의원 이철승 사무소.

"으하하하하!! 잘했어 아주 잘했어!!!"

"감사합니다"

"자네는 우리 당의 최고야!! 하하하"

그리고 태촌은 신민당 노동국 차장이 되고 국회의원 공천을 약속받는데.

허나, 어찌 알았으랴 한 치 앞을 못 보는 것이 인간인데.

태촌은 1977년 다른 폭력 사건으로 체포된다. .

이용만 당하고 버려진 김태촌.....

정치 깡패가 되어버린 김태촌...

어찌 이정재와 비슷한 것인가..

78년도 창조형과 내가 같이 자수해서 무혐의로 풀려나온 뒤 양은이는 자수를 한다.

그렇게 나에게 족쇄처럼 달고 다니던 사보이 사건은 기소 중지 상태에서 난 자유롭게 된다.

태촌이는 감방으로 들어가고 양은이는 빛을 보게 된다.

상대할 적이 없어지니 탄탄대로 아닌가.

무서울 게 없는 것이다.

하지만 그것을 시기하는 신들이 있었던가.

아니면 너무나 방심을 했던 것인가.

양은이는 실수를 하게 된 것이다.

조직의 확장은 매우 중요하다.

하지만 신중해야 한다.

방대해지면 항상 문제가 발생하는 것이다.

양은이는 조직의 확장을 꾀면서 순천 폭력 사건을 벌인다.

신구 회원의 교체 등으로 조직에 잡음이 생긴다.

순천이라는 곳에서 토박이들과의 일전으로 인해 작은 동네를 벌집을 쑤시듯 만든다.

난 이것을 바라보면서 양은이가 하는 직계보강은 양은이 전결 사항이라 관여를 안 하는 것을 원칙으로 한다.

결국 양은이는 수배되고 잡혀서 감방으로 가게 된다.

15년형의 기나긴 징역이다.

서울의 주먹은 먼저 서방파 태촌이가 감방으로 가고 양은이까지 들어갔으니 무주공산이 되어 버린다.

이동재.....

광주 출신.

이동재는 서울에서 OB파라는 조직을 만들어서 폭넓게 조직 활동을 한다. 서울은 이제 3파전이라고 할 수 있었다.

양은이파. 서방파. 그리고 OB파.

난 OB파와 관계가 있다.

하지만 그것은 오해였고 여러 가지 복잡한 문제가 있었다.

지금부터 그 시간대로 거슬러 올라가 본다.

한국병원.

휠체어를 타고 병원 잔디에 앉아서 오랜만에 햇볕을 쬐고 있었다.

누군가가 나에게 다가온다.

"병실에 손님이 찾아왔는데요"

"그래요 감사합니다"

병실에 찾아온 손님이 나를 찾자 간호사가 나에게 알려 준 것이다.

병실로 문을 열고 들어간다.

광주에서 주먹 건달 최동한이가 와 있었다.

"형님, 몸은 괜찮으십니까?"

"응 많이 좋아졌어. 그런데 웬일이야."

"형님을 소개해줄 사람이 있어서요"

"그래?"

"동생들 중에 제일 똑똑한 놈인데 태촌이 놈을 죽이려고 합니다"

"그래…?"

"믿을 수 있는 놈입니다"

"이름이 뭔가?"

"이동재입니다"

그렇게 이동재는 나와 첫 대면이었다. 몇 년 후 동재는 광주에서 일이 터지자 서울로 쫓겨 왔다는 소식을 들었다.

동재는 광주에서 박남현이라는 보스를 모셨다. 그런데.....

"정말 미치겠네. 아니 내가 무슨 잘못한 것도 아니고 똘마니들이 잘못한 것을 나한테 뒤집어씌우는 거야"

"형님 이대로 주저앉을 겁니까?"

"주저앉기는 난 이대로 무너지지 않는다"

"형님 저희도 생각이 있습니다…."

"뭐냐?"

"저희는 무슨 일이 있어도 형님 말씀만 듣기로 했습니다"

"그래?"

하지만 그것은 잘못 판단한 것이다.

동재는 남현이를 제거하기 위해 남현의 집으로 향한다.

"나와!!! 이 새끼야!!!"

"사람 살려요!!!"

"어?"

"동재씨 왜 그래요?"

"아니… 집에 남현이 형 없어요?"

"안 계세요…"

"에이씨!!!! 당했다"

"뭐야? 이런 쳐 죽일 놈들이. 이동재 이 새끼!! 죽여 버릴 거다. 야!!! 당장 이동재 그 새끼 잡아 와!!"

"네!!!"

그렇게 해서 이동재는 서울로 튀게 된 것이다.

그러다가 나는 사보이 호텔 앞에서 우연히 동재를 만난다.

"형님, 오랜만에 뵙겠습니다"

"오 그래, 반갑다. 서울에는 웬일이냐?"

"저 그게 일이 있어서요"

"그래? 오랜만에 보는데 차라도 해야지"

"네 형님"

그렇게 동재하고 같이 온 녀석들하고 삼화 호텔 커피숍으로 들어간다.

그런데 입구에서 멈칫하는 동재.

"왜 안 들어오고 그래?"

"형님 잠깐만요!! 야 저 새끼들 잡아"

동재가 똘마니들한테 지시를 내린다.

하지만 놈들은 주춤주춤하는 게 아닌가.

"뭐해!!!"

이 상황을 보니 동재 똘마니는 네 명이고 동재를 기다리던 놈들은 두 명이었다.

물론 놈들은 양쪽 다 칼을 차고 있었다.

동재는 그냥 부들부들 떨고만 있었다.

"너 왜 그래?"

"형님 그게…"

"말을 해"

"저놈들이 저를 죽이러 온 놈들입니다"

"뭐야?"

그놈들을 보니 동재와 똘마니들을 노려보고 있었다.

참나 이놈들 보통 놈들이 아닌데...

난 두 놈에게 소리를 지른다. 조용히...

"너네들 나 좀 보자"

놈들은 내 말에 멈칫멈칫하더니 이내 꼬리를 내린다.

"동재야 넌 가봐"

"네…"

그리고 두 놈을 데리고 삼화 호텔 방 하나를 빌려서 들어간다.

"너희 뭐야? 꿇어앉아!"

"네…"

"너희가 동재를 죽이러 왔어? 그 말이 진짜야?"

"네…"

"내가 누군지 알고 있나?"

"네 알고 있습니다"

"그런데 내 앞에서 동재를 죽이려고 그래? 그 이유가 뭐야?"

"……"

"말 안 해!!"

"저…"

"동재를 죽이러 온 거 사실이야?"

"네 사실입니다"

"좋아 그렇다고 쳐. 누가 시켰어"

"……"

"말하기 싫은 거야? 아니면 감추려는 거야?"

"저… 광주의 박남현 형님의 지시가 내려와서…."

"이런 개새끼들, 야 전화해서 내가 시키는 대로 해"

"알겠습니다"

"서울에서 네놈들끼리 싸움하면 내가 피곤해, 시끄러워진단 말이야 알겠어? 좋은 말로 할 때 내려가라고 해 그렇지 않으면 내가 가만 안 두겠다고 해"

"알겠습니다"

"빨리 전화해"

"네네 알겠습니다"

놈들은 등줄기에 땀이 나는 듯 연신 굽신거리고 눈치를 보면서 나간다.

"하~ 이런 조무래기까지 피곤하게 만드네… 동재가 또 뭘 한 거야, 에이!"

놈들은 곧바로 서울에서 철수한다. 그렇게 해서 동재는 놈들의 손에서 벗어나고 살게 된 것이다.

동재는 첫 번째로 조직의 보스에게 덤빈 것조차 잘못된 것이고 동재 똘마니들도 동재의 말을 듣지도 않은 것도 잘못이다. 죽으라면 죽는 것이 건달의 기본이고 지켜야 하는 의리인데 그것마저 없는 동재의 리더십이 심히 안타까우면서도 인재가 아니란 걸 알았다. 그렇게 동재는 나에게 무슨 일이 생기면 올라와서 의탁하게 된다.

허나, 동재는 큰 그릇이 못 되는 작은 그릇 이었던 것이다.

OB파와 나와는 무관하다.

동재는 서울에 올라와서 내 보호 아래 지내고 있었다.

심백호라는 인물이 대호파에서 OB파로 바꾸었고 그걸 동재가 사용하게 된다.

동재를 보호해주는 것에 대하여 사람들은 내가 OB파의 보스라는 소문이 나돌았던 것이다.

기분 나쁘고 불쾌했다.

그는 내 고향 후배도 아니고 난 목포이니까.

여하튼 그런 이유로 인하여 내가 OB파의 이름에 오르고 내리고 하는 것 자체가 기분 나빴다.

후에 동재는 양은이의 똘마니에게 칼을 맞는다.

"형님!!!! 형님!!"

"왜 그래?"

"저 장가갑니다"

동재가 찾아왔다.

"뭐야 축하한다."

"그런데 말입니다. 색시 집안이 장난 아닙니다"

"대통령 집 딸이라도 되냐 왜 그래?"

"장성 아시죠"

"장성? 군 말하는 거야?"

"네, 나하고 결혼할 여자 집안이 장성 출신입니다"

"그래?"

형님 결혼하고 미국에서 살아볼까 하는데 어떠십니까?"

"미국에서?"

"네"

"좋지, 넌 가서 살아라. 동재는 거기가 어울릴지 모르겠다."

"그렇죠. 형님"

군사 정권하에 주먹들이 살 수 있는 곳이 어디 있던가.

그저 사건이 터지면 감방 밖에는 더 없던 시절 아닌가.

그리고 동재는 미국 하와이로 뜬다.

〈잘 생각했지 지금 얘기지만 동재는 건달의 자격이 없는 녀석이야. 그래 잘 갔어… 잘 살아야지〉

이야기가 다른 곳으로 흘렀다.

신상사가 정학모를 시켜서 나를 제거를 한다?

태촌이가 습격하고 많은 생각을 했다.

난 직감적으로 그것이 무엇을 느끼게 하는지를 알고 있었다.

정학모와 함께 있던 자리……

"바쁘냐…?"

"그렇지… 애들이 잘하니까…"

"지난번 목포에 갔다 왔냐?"

"아니… 안 갔어…"

나하고 만난 정학모는 나의 말에 얼버무리거나 아니면 눈을 마주치지 않으려고 한다.

난 속으로 생각한다.

〈그래 네놈 짓이다. 네가 그랬다 는걸. 난 알고 있지〉

정학모는 나를 바라보지 않고 무엇인가 자꾸 머리를 굴릴 생각을 하는지 눈동자를 이리저리 굴리면서 나와 눈을 마주치지 않으려고 한다.

〈흠… 저걸 어떻게 죽이지? 저걸 어떻게 손을 볼까?〉

정학모의 모사(謨士)에 난 걸어가는데 뒤쪽에서 4명한테 당했다.

건달로서의 치욕스러운 일이다.

몸이 회복하면서부터 모두 죽여 버리겠다는 생각뿐이다.

깨끗하게 나 혼자 처리할 것이다.

그래, 그렇게 하기 위해서는 총을 구하는 거다.

정학모가 신상사를 찾는다.

"종철이가 회복한 것 같습니다"

"그래… 그런 거 같군…."

"어떻게 할 겁니까?"

"나도 모르겠다… 무서운 놈인 건 확실해… 무엇인가 일을 벌일 게 분명한데 그게 뭔지를 몰라. 그러니 불안하군"

"저도 그렇습니다. 종철이 성격에 가만있을 놈이 아니니까요"

지금 그들은 무서움에 갇혀 있을 것이다.

놈들은 내가 먼저 화해하는 손을 내밀면 덥석 잡을 것이다.

"이놈은 이렇게 잡고, 저놈은 저렇게 잡고…"

난 혼자서 계획을 세운다.

나의 얼굴엔 남모르는 미소가 흐르는 건 뭘까.

총이 필요하다

총 좀 구할 수 없냐

종학이 친구가 월남전 당시 보안대에 근무하던 중에 총 한 자루를 갖고 나왔다는 정보를 알게 된다.

"종학아, 부탁이 있다."

"뭔데?"

"나 호신용으로 총이 필요하다."

"뭐야? 총? 지금 총이라고 했냐"

"응 호신용으로 말이야 너도 잘 알잖아. 놈들이 나를 죽이려고 눈에 불을 켜고 있다는 거"

"그렇지"

"그래서 필요한 거야 구해주면 내가 양복 한 벌 맞춰줄 게 꼭 부탁한다."

"하하하하하 야, 종철아!! 내가 말이야 총을 구해주면 넌 분명히 사람을 쏠 녀석인데 나 쏴 죽이려고 그러냐. 내게 총을 달라고? 하하하"

"무슨 소리야? 내가 호신용으로 갖고 있겠다니까"

"호신용 같은 소리를 해라. 야 종철아 난 안 들은 걸로 하겠다."

그리고 달아나 버린다.

만약 총을 구해줬다면 난 어떻게 했을까? 하는 반문도 해본다.

진짜 다 죽여 버렸을까?

그 당시에는 그랬을지도 모른다.

당시에 총을 갖고 있는 것 자체가 안 된다.

물론 지금도 그렇지만 그 당시에 사건이 벌어져서 총의 행방을 찾으면 나를 비롯한 종학이 그리고 월남전의 그 친구까지 모두 구속될 것이다.

종학이의 일로 모든 소문이 무성하게 퍼진다.

"종철이가 총을 갖고 있으며 잘못하면 총 맞아 죽는다"

그랬다, 칼보다는 총에 맞으면 십중팔구는 즉사다.

칼은 그래도 맞으면 어느 부위에 맞느냐에 따라 달라질 수도 있다.

총을 구해서 깨끗이 몇 놈 없애고 난 모든 걸 다 버리고 사형당하는 거까지 생각했다.

결론은 구하지도 못하고 소문만 나고 실패한 것이다.

대한민국에서 총을 구하겠다는 발상부터가 잘못되었던 거다.

또한 나 혼자만의 힘이 무한하다고만은 생각이 들지 않는다.

점점.... 왜일까...... 쫓기는 신세라 항상 법망 안에 있었고, 해결해야 할 상황은 혼자....

모든 것이 허무하게 생각이 들었다.

도망자...

난 도망자인가..

그리고 나이를 먹어가면서 도망을 하는 나 자신이 용납되지를 않았다.

고독하다...

언제부터 인가 그런 생각이 든다.

나에게도 사랑하는 여자가 있었는데.....

그날도 그렇게 보냈다.

마지막이라고 이번 일 처리 하는 게.

하지만 큰 사건으로 도망 다니는 나에게 아무리 사랑이라는 힘이 크다고는 하지만 어찌 여자의 몸으로 견딜 수 있는가. 막막하게 기다릴 수 없는 건달의 세계를 아마도 못 견디었을 것이다.

그래서 그렇게 내 곁을 떠나버린 여자...

옛일을 생각해본다....

길게 담배 연기를 훅하고 내뱉는다.

그렇게 시간을 보내는데 어느 날 선배가 찾아왔다.

"종철아, 지금 심정이 어떠냐?"

"더럽습니다"

"그래 그럴 거야, 왜 내가 네 심정을 모르겠냐"

"복잡합니다….."

"종철아, 내 말을 잘 들어라. 난 너를 사랑한다. 좋아한단 말이다"

"……"

"널 잃고 싶지가 않아"

"형님"

"그래…. 종철아, 자수를 해""

"자수요?"

"그래, 물론 너한테는 어울리는 단어는 아니지만 어쩌겠냐. 세월이 변하는걸"

"……"

"내 말대로 자수를 하자 나머지 일은 나한테 맡기고"

"알겠습니다"

난 그렇게 검찰에 창조형하고 둘이서 자수를 했다.

나를 그렇게 아끼는 선배 형이 찾아와서 날 설득한 것이다.

그는 대구 선배인 문의전 선배님이다.

감사합니다. 선배님….

검사실..

제일 오기 싫은 곳이며 모두가 여기만 들어오면 기가 죽는 곳 이었다.

난 건달이면서도 더럽게도 이런 곳을 싫어했다.

나뿐만이 아니겠지...

"사실대로 얘기해 다 알고 있으니까"

"뭘 알아요. 뭘 알아야 얘기하죠"

"이런 새끼들은 말로 하면 안 된다니까"

"난 사보이 호텔 근처에도 가지를 안 했다고요"

"정말이야?"

"검사님, 저는요 여태껏 살아오면서 비록 건달 생활을 하지만 태어나서 거짓말한 적은 단 한 번도 없었습니다"

검사는 나를 빤히 쳐다보고 있다.

그 검사가 바로 윤태남 검사.

"알았다, 난 널 믿는다"

그리고 난 무혐의로 풀려난다.

사보이 사건 현장에 내가 없었다는 이유다.

3년 이상의 도피 생활.

그리고 몸과 마음도 부서진 지금.

조직은 와해되었고 모든 것이 사라졌다.

검찰청 정문.

문 앞으로 나온 나는 하늘을 바라보았다.

청명한 하늘이다.

그리고 하늘을 향해 소리친다.

"난 하늘에 맹세코 신상사 이놈부터 죽여 버릴 것이다"

지나가던 사람들이 바라본다.

미친 사람 아닌가 하는 표정으로 말이다.

사보이호텔.

안으로 들어갔다.

커피숍을 비롯한 모든 것이 변했다.

아무도 없었다.

다시 명동으로 갔다.

몇 명하고 눈이 마주쳤다.

놈들은 고개를 숙이듯 아니면 다른 곳으로 고개를 돌려서 나를 외면하듯 못 본 척한다.

명동 역시 아무도 없었다.

신상사....

정학모....

내가 나오는 걸 알고는 모두 숨어 버린 것이다.

진정한 건달들이 아닌 것들이 잔머리를 굴리고 모사(謀士)를 하면서 주먹 아닌 주먹으로 살아가던 깡패 같은 인간들이란 것을 알았지만 이 정도일 줄은 몰랐다.

태촌이는 현재 감방에 들어가 있는 상태다.

놈들의 행방을 찾으려고 매일같이 명동으로 나갔다.

놈들은 없었다.

귀신이 곡할 정도로 안 보인다.

"개자식들 고발할 정신이 있으면 다시 한번 깨끗이 붙자, 쌍놈의 새끼들"

원수는 외나무다리에서 만난다

내 눈앞에 신상사

사보이호텔에 붙어 있는 이발소로 향한다.

"어서 오십시오"

"오랜만입니다"

"저쪽으로 앉으세요"

난 자리에 앉아 이발소 주인이 깎아주는 대로 가만히 있었다.

이발을 다 하고 계산을 하러 계산대로 가는데 또 다른 손님이 들어온다.

난 흘깃하고 보았다.

아니 저놈은?

신상사.

그래 저놈은 분명히 신상사다.

그렇게 찾아 헤매도 머리털 하나 보이지 않던 놈이 내 앞에 나타난 것이다.

원수는 외나무다리에서 만난다는 말도 있지 않았던가.

그런데 이발소 안에 있던 구닥다리 골동품 라디오에서 노래가 흘러나오는데 그건 마치 지금의 상황을 애기하는듯한 노래였다.

영화배우 최무룡의 〈외나무다리〉라는 노래다.

주인은 신상사에게 굽신거리면서 자리를 안내한다.

놈은 날 못 본 모양이다.

순간 나의 눈이 충혈되고 피가 거꾸로 솟는 듯했다.

〈이놈을 죽여 버릴 것이다〉

난 놈이 앉아 있는 곳으로 다가갔다.

놈은 거울 속으로 날 바라본다.

그리고 놈의 얼굴은 하얗게 변한다.

난 이발대 위의 면도날을 보았다.

〈한 번에 끝내자 놈의 목을 그어 버릴 것이다〉

그렇게 생각이 들었지만 지금의 난 어떤가.

쫓기는 몸이 아닌가 여기서 또 다른 일을 벌인다면 또다시 도망자의 신세가 되어 버릴 것이 아닌가.

나는 신상사를 똑바로 쳐다보았다.

부들부들 떠는 신상사.

"종… 종철이…."

지난 몇 년을 도망자 신세였던 나.

복수를 할 것인지.

또다시 도망자가 될 것인지.

더욱 두려움에 눈동자만 커져 있는 신상사.

그의 행동들 그가 했던 여러 가지가 떠오른다.

권력에 아부하면서 저 혼자 살아나겠다고 무고한 동생들을 권력에 팔아넘기고 끈질기게 목숨을 부지하는 더러운 인간.

그런 놈의 얼굴을 보는 내내 죽이고 싶은 맘을 억제하고는 밖으로 나왔다.

"휴~~~~~~"

신상사의 얼굴은 온통 식은땀으로 범벅이다.

밖의 날씨는 매우 따스하다.

힘껏 공기를 들이마셨다.

〈그래 잘했다. 종철아, 넌 도망자가 아니야 넌 패배한 것이 아니다 넌 이긴 거야 너 자신에게〉

그렇게 나 자신으로 돌아왔다. 그날 내가 나오지 않았다면 신상사는 이 세상 사람이 아닐 것이다.

난 건달이다.

누가 뭐래도 내 뼛속까지 건달이다.

깡패 같은 일은 절대로 하지 않겠다고 맹세하지 않았던가.

건달의 세계와 깡패의 세계관은 다르다.

특히 정치 깡패는 더러운 족속들이라고 할 수 있다.

그런 인간들은 우리의 세계에서는 쓰레기로 통한다.

자신의 욕심을 채우기 위해 건달의 의리를 배신하고 저버리는 일은 용납되지를 않는다.

이후 신상사는 나와 손을 잡지 않으면 안 되니까 창조 형을 포용한다. 창조 형이나 정학모는 신상사 쪽으로 들어가려고 얼마나 안달했었는가.

신상사는 나를 미리 알아보고 날 포섭하려고 무던히 애를 썼다.

무교동 쪽에 알아보고 나름대로 나에 대해 조사를 한 거였다.

그런데 내가 그리 만만한 상대가 아니란 걸 알았다. 악종에다 한 번 맞짱 뜨면 도저히 이길 수 없다고 판단을 한 거였다.

사실이 그랬다. 나에게 도전하고 한방에 나가떨어지지 않은 사람이 없을 정도다. 그런 조사를 신상사가 했던 것이다.

오종철이라는 인물이 어릴 때부터 혼자의 힘으로 이 세계에 올라섰던 것을 안 것이다.

한참을 걸어가니 만나기로 했던 룸살롱이 나온다.

안으로 들어간다.

"어서 오십시오"

"어느 방이냐?"

"이쪽이십니다. 미리 와 계십니다. 들어가십시오"

문을 열고 안으로 들어간다.

창조 형하고 구달홍이가 앉아 있다.

구달홍은 창조형하고 고향 친구이며 나이도 비슷해서 나한테 화해 요청을 한 모양이다.

"종철아, 왔냐?"

"……"

"앉아라. 그렇게 서 있으면 불편해서 그래"

난 아무 소리 안 하고 묵묵히 앉는다.

"종철아, 우리말이야, 서로 얼굴 붉히고 살아가지 말자. 그래서 이 친구를 오라고 했어."

"……"

"그러니까 네가 좀 참고…"

"됐습니다. 난 이대로가 좋아요. 더 이상 말하지 말고 내 성격 나오기 전에 나 먼저 일어납니다"

"뭐야? 너 지금 뭐 하는 거야?"

구달홍이 나의 행동에 화가 난 모양이다.

"뭐!! 이런 개새끼 죽고 싶어!! 어디서 개수작이야 이런 개새끼 지금 죽여줄까?"

나의 반응에 놀란 구달홍은 그 자리에서 도망치듯 나가 버린다.

"저런 개자식!!"

그리고 창조형을 봤다.

그의 얼굴은 똥 씹은 얼굴이 되어간다.

그리고 얼마 후에 창조 형에게 연락이 온다.

난 시간에 맞춰서 만나기로 한 커피숍으로 간다.

그런데 커피숍 앞에서 창조 형하고 나오는 사람은… 신상사?

"아니 형!! 이런 자식과 왜 같이 다녀요? 이런 개새끼는 죽어야 해요"

"야야 종철아 종철아!! 너 왜 그러냐 응 왜 그래?"

"이 개새끼!!!"

"진정하고 내 말 좀 들어봐"

"형 더 이상 얘기하지 마세요. 더 이상 날 건드리지 말아요"

"알았다 알았어"

신상사는 내 눈치를 보느라 연신 땀을 닦는다.

그 후에 창조 형은 산상와 나와의 화해를 만들려고 했으나 그것이 성사되지를 않아 몹시 서운해한다.

그 후에 창조 형은 서울의 모든 걸 접고는 대구로 내려간다.

삶의 회의.

이런 단어는 내가 제일 싫어하는 건데.

그런 것이 그런 외로움을 느끼고 있다.

그냥 평범하게 사는 건 어떨까.

난 권투선수로서의 꿈을 안고 왔다. 그런데 그 꿈이 산산이 부서지며 파도에 밀려나듯 멀어져만 간다. 그리고 건달이라는 그 미지의 세계 속에서 살고 또 살아간다.

그런데 왜 이렇게 마음이 허전하고 공허한 것인가.

나 자신에게 물어본다.

너 오종철.

넌 대체 어떤 인간인가.

너의 마음을 알고 싶다.

그리고 난 어둡고 깊고 깊은 어둠 속으로 들어간다.

많은 사람이 벌써 와있다.

축하하는 사람들.

여기저기서 카메라의 플래시가 터지고.

신랑 신부 입장을 하고 있다.

멀리서 나를 발견 했는지 누군가 다가온다,

수일이다.

"종철아, 이제 세월도 많이 갔는데 한번 만나서 식사라도 하고 친하게 지내자"

난 그 소리를 분명히 들었다.

그리고 먼발치에서 날 바라보는 사람이 있었다.

신상사였다.

"알겠습니다. 그렇게 하지요"

그것으로 모든 것은 정리되고 끝이다.

기나긴 세월의 한을 벗어버린다.

영원한 적도 영원한 맞수도 없는 거였다.

화해라는 단어가 이렇게 아름다운 줄 몰랐다.

화해와 용서!!

신상사는 나의 결혼식에 왔다.

초청도 안 했는데 말이다.

인생이란 것이 참 알 수가 없는 것이다.

사람은 어리석은 점도 있지만, 그것을 바꾸는 것도 사람이라는 것이다.

그 후로부터 그렇게 형님 아우 하면서 지낸다.

주먹과 건달.

아무것도 아니다.

우리가 살아가는 모든 것은 힘이라고 생각을 했었다.

하지만 평범한 삶도 그리울 때가 있는 법.

그것이야말로 진정한 사람 사는 이유가 아닌가.

광주행 버스터미널에서 버스에 오른다.

오늘은 후배 녀석의 결혼식이라 동생들하고 함께 내려간다.

많은 사람의 결혼식 축하 박수 소리. 문 앞으로 나서려는데 내 앞쪽에 심백학(OB파 의 원조)씨가 서 있다.

"종철아, 오랜만이다"

"형님 오랜만입니다"

"시간 좀 낼 수 있냐. 식사하러 가자"

"그러시죠"

눈앞에는 일본식으로 지은 일식집이 보인다.

잠시 후 먹음직스러운 일본식 음식들이 나오기 시작한다.

"종철아, 내 얘기 듣고 그렇게 해주면 고맙다."

"무슨 말씀인데요?"

"태촌이 말이야"

난 순간 멈칫했다.

무슨 말이 나올 줄 알았기 때문이다.

"태촌이가 너한테 진심으로 사과하고 싶어 한다."

"형님"

"태촌이는 너한테 빌고 싶다고 하는데 용서해줄 수 있겠냐?"

"싫습니다"

"종철아!!"

자리에서 막 일어서려는데 태촌이가 들어온다.

"……"

"형님"

"여기서 나가자"

일식집 바로 앞 다방.

태촌은 똘마니들 20~30명과 같이 있다.

태촌이 혼자서 나를 만날 용기가 없는 거였다.

난 다방에 들어가서 제일 먼저 사방을 확보한다.

유사시를 대비해서 콜라 박스 쌓아 놓은 곳으로 자리를 잡고 앉는다. 놈들은 긴장하고 있다.

나에 대한 싸움의 기술을 다 알고 있었으니까.

"태촌아, 너 말이야 누구한테 그 못된 짓만 배웠어!!"

"선배라는 것은 너한테는 없는 거냐! 선배들한테 칼부림이나 하고 말이야!!"

내 사고 이후에도 태촌은 박번개 선배, 송태준을 칼로 놓은 사건이 있었다.

"넌 건달이 아냐!!"

"형님 죽을죄를 지었습니다"

"......"

"형님 저… 칼 차고 왔습니다…"

"그래서 그 칼로 날 또 난자를 하려고 그래? 어디 또 해봐"

"형님!!! 그게 아닙니다. 전 형님이 죽으라면 죽고 이 자리에서 손가락을 자르라면 자르겠습니다. 그러니 제발 저를 용서해 주십시오"

"......"

"형님 앞으로 태촌이는 죽도록 형님께 충성하겠습니다. 그러니 용서해주십시오"

"난 싫다!!!"

난 단호하게 선을 그었다.

놈의 얼굴과 표정에서 이상하리만큼 변하기 시작한다.

아마도 갈등을 하는 모양이다.

똘마니들이 보는 앞에서 어떻게 해야 할지 머리를 굴리고 있는 것이다.

다시 한번 나에게 칼을 쓸지 빌어야 할지 고민이 이어진다.

"다시 한번 얘기한다. 난 싫다. 더 이상 말하지 마라. 여기서 얘기 끝내자"

그리고 함께 갔던 동생들하고 나왔다.

광주 버스터미널.

동생들이 표를 사서 버스에 오른다.

난 눈을 감았다.

"형님, 저기…"

난 눈을 뜨고 버스 창밖을 바라보았다.

거기에는 태촌이가 고개를 숙이고 인사를 하고 있었다.

난 다시 눈을 감았다.

버스가 출발하고 사라질 때까지 태촌이는 고개를 들지 않았다.

그리고 그것이 그와의 마지막이 된 것이다.

영화감독 김효천과의 만남

김효천 영화감독과 작곡가 길옥윤

전화벨이 요란하게 울린다.

"여보세요? 네 누구시라고요? 잠깐만요"

"형님 전화 왔습니다"

"누군데?"

"김효천 감독이라고 하는데요?"

"여보세요 오종철입니다, 아, 감독님 네…. 네 알겠습니다. 그리로 가겠습니다"

난 평소에 친분이 있는 영화감독인 김효천 감독님을 존경했다.

그래서 어떤 일이 있어도 마다하지 않고 나간다.

충무로 어느 다방.

은은하게 들리는 음악 소리.

다방 문을 열고 들어선다.

"어, 여길세. 여기"

김 감독이 나를 먼저 발견하고는 부른다.

"안녕하세요"

"어서 오시게"

"무슨 일입니까?"

"글쎄 그게 다른 게 아니고 길옥윤 씨라고 아는지 모르겠네"

"아 알고 있습니다. 유명한 분 아닙니까?"

"그렇지 유명한 작곡가인데 나하고는 아주 친분이 두터운 사이일세"

"그런데 그분이 무슨 일 있습니까?"

고개를 끄덕이는 김효천 감독.

"다른 게 아니고 테헤란 쪽에 120평 정도 되는 고급술집을 개업했는데 장사가 잘되는 모양이네. 아마도 국내 최고의 업소라고 하는데 이게 말이야…."

"괜찮으니까 계속 말씀해주십시오"

"알겠네, 개업하고 오픈을 해야 하는데 그러지를 못하고 있네"

"아마도… 그 동네 깡패가 방해하는 모양이군요"

"그렇지 그래서 못하고 있는 거야. 그래서 내가 보자고 했던 거지"

"걱정하지 마십시오 해결해 드리겠습니다"

"고마우이. 정말 고마워"

"고맙기는요 그렇게 말씀하시면 제가 더 민망합니다"

"하하하 식사하지 않았으면 식사라도 하러 가세. 내가 말이야 맛있는 집을 하나 알아뒀거든."

"그러세요. 가시죠"

김효천 감독하고 헤어지고 나서 난 밑에 있는 이도수리는 동생을 그 업소로 보내서 진상 조사를 하고 해결하라고 전한다.

이도수가 찾아간 업소〈창고〉라는 술집.

이도수가 안으로 들어간다.

안에는 깡패로 보이는 놈들이 얼쩡거린다.

이도수는 그중에 머리 큰 놈을 부른다.

"이리 좀 와라"

"누구야 씨팔 오라 마라 하는 거야?"

"야 이런 개새끼들이 있나? 너 말이야 나 좀 보자"

이도수는 알박이 한 놈을 끌고 나간다.

"팍!!!! 퍽!!!"

"아이고 잘못했습니다"

"조용히 사라져라"

"네네 다시는 안 나타나겠습니다. 그렇게 전해 주십시오"

따르릉!!!!! 따르릉!!!

전화벨이 요란하게 울린다.

"여보세요? 네 잠깐만요"

"형님 전화입니다. 길옥윤 씨라고…"

"여보세요 오종철입니다"

"네 길옥윤입니다. 감사합니다. 정말 감사합니다. 오픈하는 날 꼭 오시기 바랍니다. 정말 감사합니다"

"아닙니다. 당연한 일을 했을 뿐입니다. 어려운 일 있으시면 언제든지 연락을 주십시오"

"네네, 감사합니다"

"장사 잘되시기를 바랍니다"

그로부터 어느 날 김효천 감독님의 전화 한 통을 또 받게 된다.

"그래요? 이런 자식들이 있나 알겠습니다. 곧 가겠습니다"

병실 앞.

병실 문을 열고 들어가니 김효천 감독님하고 〈가네다시〉라는 고베에 살고 있는 재일교포 한 분이 계신다.

"이렇게 오라고 해서 미안하네"

"아닙니다"

김효천 감독님은 가네다시라는 분을 소개한다.

"이분은 일본에서 사업을 하시는 분인데 성함이 가네다시 라는 분일세. 아 그리고 여긴 오종철 씨라고 대한민국 최고의 보스입니다"

"아~ 반갑습니다. 가네다시입니다"

"네 오종철입니다"

첫눈에 봐도 노신사의 품위가 느껴지는 멋있는 사람이었다.

한데 이야기를 듣고 보니 참 이런 일이 부지기수였다.

다름 아닌 병실에 들어설 때 눈에 보인 것인 젊은 사람이 병실 침대에 깁스하고 누워 있는 것이 보였던 거다.

설운도의 봉변을 도와준다

설운도라는 친구

그의 이름은 설운도.

당시에는 무명 가수다.

설운도는 눈만 동그랗게 뜨고 나를 번갈아 바라보고 있었다.

사실 가네다시 씨는 설운도와 먼 친척 관계 사이이며 김효천 감독하고는 호형호제하는 사이였던 거다.

"나를 아는가?"

"모르겠는데요"

"그렇지 하하하"

그때 설운도 옆에 있던 젊은 사람 두 명이 나를 알아본 것이다.

"혹시 오종철 보스 아니십니까?"

"안녕하십니까"

나한테 정중히 인사를 한다.

더욱 눈이 커지는 설운도.

당시에 설운도는 무명 가수로 활동했다.

노래하는 가수에게는 매니저가 있다.

그런데 매니저라는 것들은 깡패로 무명 가수들의 돈과 출연료를 명목상 빼앗는다.

노예 가수라는 것이다.

영두가 업소를 찾아갔다.

"야 여기 대장이 누구야!!"

"어떤 개자식이 와서 개 짖냐!!"

"야 너 이리 와봐. 오종철 형님이 보내서 왔는데 좋게 말할 때 약한 아이 괴롭히지 마라"

"왜 이러십니까. 우리가 누굴 괴롭혔다고 그러십니까?"

"너 설운도 알지?"

"아 그 무명 가수 알지만, 왜 그러십니까?"

"말로 해서는 안 되겠는데 이리 와봐!!"

하면서 밖으로 끌고 나가서 몇 대 쥐어박는다.

또다시 이러면 가만 안 놔둔다는 말을 남기고....

허나 놈들은 또다시 우습게 들은 모양이다.

해서, 영두는 다음날 30명을 데리고 업소를 찾아간다.

안으로 들어가니 놈들은 겁을 먹고는 업소를 버리고 도망을 친다.

피 한 방울도 흘리지 않고 내 이름 하나로 해결을 한 사건이다.

약자들을 괴롭히는 것들은 건달들이 아니다.

박정희 대통령의 시해 사건

박정희 대통령이여..

1979년 10월 26일.

〈비가 오면 생각나는 그 사람~ 언제나 말이 없는 그 사람~〉

심수봉의 노랫소리가 들린다. 박수를 치는 사람들.

김재규의 불안한 모습. 이 모습을 바라보는 박정희.

"임자, 무슨 일 있어? 왜 그렇게 안절부절이야?"

"아닙니다. 각하…"

"모두 수고 했으니 오늘은 쉬어야지"

옆에 있던 차지철이 나선다.

"그럼요 그럼요 각하!! 힘들었는데 쉴 때는 쉬어야지요. 하하하"

심수봉의 노래가 끝나고 모델 신재순의 노래 차례가 다가온다.

저녁 7시 41분.

웃고 있는 차지철.

그 옆에서 술을 마시고 있는 박정희.

이때 김재규의 얼굴에 굳은 표정과 단호한 표정이 나타난다.

그리고 김재규가 발터 PPK를 꺼낸다.

"지금 왜 그래?"

"이 새끼야 죽어!"

차지철의 오른 손목을 쏜다.

그리고 박정희의 가슴을 향해 쏜다.

"탕!! 탕!!!!"

"임자… 자네가 왜…"

박정희 대통령은 치명상을 입고 쓰러진다.

차지철에게 다시 총을 겨눈 김재규.

하지만 격발이 안 되자 그사이에 차지철은 도망을 친다.

쫓아가는 김재규.

같은 시각.

경호원 대기실에서 정인형과 안재송이 총소리를 듣고 뛰어나오자 박성호가 총으로 제지를 한다.

"움직이지 마라 우리 함께 살자"

그 소리에 안재송이 총을 뽑으려는데 박선호가 두 사람을 살해한다. 김재규는 박선호의 리볼버 권총을 넘겨받고 화장실에 숨은 차지철을 쏜다. 그리고 다시 연회장으로 들어와서 박정희 대통령의 후두부에 마지막 탄을 쏜다.

"탕!"

박정희 대통령은 그렇게 끝난다.

뉴스와 함께 온 세상이 발칵 뒤집혔다.

박정희 대통령 서거.

많은 국민은 놀라고 무서워했다.

라디오와 텔레비전에서 나오는 뉴스에 온 국민이 귀를 기울였다.

그리고 1980년.

전두환의 시대가 온 것이다.

5·16 쿠데타가 일어나 전국이 뒤흔들리고 또 시대가 뒤바뀌면서 공안 정국이 다시 시작 되었다.

건달들이나 깡패들에게는 또 한 번의 지옥이 펼쳐진다.

삼청 교육대

삼청교육대의 시작

삼청교육대.

이것은 범죄자들의 몸과 마음과 정신을 깨끗이 순화시키고 건달과 깡패가 없는 세상을 만들어서 새로운 정치의 시대를 열겠다는 전두환의 발상이었던 거다. 많은 국민은 박수를 보내고 환영할 것이다. 5·16 당시보다 더 몇 배 몇십 배의 대대적 소탕 작전이 시작된다.

"이 새끼들 다 잡아!! 쓰레기 같은 새끼들!"

"너 뭐야? 여기서 왜 침 뱉는 거야! 이런 개새끼들 다 잡아넣어"

삼청교육대에 끌려간 사람들.

말로만 듣고 얘기로만 전해 들은 삼청교육대..

약을 판다는 이유로 끌려가서 갖은 고문과 훈련. 지옥이 있다면 바로 그곳이 지옥이라고 할 정도였다.

조그만 소리로 이야기를 해도 매질을 당하기 일쑤였고. 표면적으로 사회악이라고 정의를 외치며 비정상적으로 아무 죄도 없이 끌려온 사람들.

한 사람은 체불임금을 요구하며 높은 놈의 멱살을 잡았다고 신고되어 끌려온 사람. 어머니가 시장에서 오는 길에 마중 나갔다가 불량배로 몰려 끌려온 사람. 술 먹다 싸움 나서 끌려온 사람.

나이트클럽에서 같이 춤추던 여자파트너가 고위층 사모님이라 끌려온 놈. 여러 무리는 그렇게 삼청 교육대의 쓰레기 취급을 당하며 매일 같이 지옥 속에 살아야 했다

난 그런 삼청교육대의 전두환을 보았다.

이것은 지난날 내가 보았던 것 하고 보통 때와는 다르다는 걸 육감적으로 느꼈다.

인천으로 도망가자. 이것은 단기간에 끝날 일이 아니라는 걸 안다. 고깃배를 사고. 방 하나도 얻는다.

새로운 정권은 국민의 지지를 받아야만 한다.

제일 먼저 하는 것이 건달들 소탕 작전.

모두 박살 날 것이다.

그리고 만든 것이 삼청 교육대다.

그런데 누가 알았으랴.

계엄령이 시작된 것이다.

"형님 계엄령이 떨어졌는데요"

"계엄령이 떨어져도 우린 고깃배로 바다로 나가면 된다."

"그렇지요. 역시 형님 최고이십니다"

"하하하"

그러나 어찌 앞날을 알겠는가.

어느 누구도 육지에서 바다로 나가지 못하게 한다.

인천 연안 부두에 바다에 나가지도 못하게 배들을 서로 묶여 놓았다. 이러지도 못하고 저러지도 못하게 된다.

커다란 해군 철선에 묶여 있으니 파도에 목선이 겨우 부서지기 일보 직전이다. 헐값에 팔고 다시 서울로 간다.

"그래, 서울로 가자. 호랑이에게 잡혀가도 정신만 차리면 살 수 있지"

룸살롱〈대약〉이 보인다.

빠르게 움직이는 손. 어찌나 빠른지 보이지 않을 정도다.

화투치기에 명수들인가. 고스톱을 치면서 그게 얼마나 된다고 심각한 표정들.

이때 문이 열리면서 들이닥치는 사람들.

"그대로 꼼짝하지 마 !!!"

"거기 움직이지 말라고 이 새끼들아"

"우리는 장난으로 고스톱 친 거예요. 보세요"

"이 새끼, 조용히 안 해!!"

5만 원의 벌금이 살렸다

5만 원의 벌금이 날 살렸다

복부를 강타하는 형사.

어떤 놈이 불었나? 별생각이 다 났다. 사실 그 당시에는 조그만 구멍가게도 파출소에 인사한다.

그런데 룸살롱을 하던 안동호가 파출소 애들을 우습게 알고 인사를 안 했다. 그것이 밉게 보인 것인지....

아무튼.... 〈잘 못 걸렸다〉 속으로 생각하고 있을 때.

"여자는 이쪽 남자는 저쪽으로 그대로 따라 나와"

파출소로 간다.

"직업이 뭐요?"

"난… 무역 회사에 다니고 있습니다"

"그래요? 그런 사람이 화투나 치고 말이야."

"뭐야 이 새끼? "

베레모를 쓴 군인이 날 같잖다는 투로 바라본다.

"이 사람들 전과 조회해 봐"

순경 한 명이 다른 순경에게 전한다.

"이름"

"오종철입니다"

"오종철……."

"뭐야 이거? 벌금 5만 원?"

"네?"

여기서 5만 원의 벌금은 선배 여동생이 있었는데 구라 포커판에서 500만 원을 당하고 나를 찾아 전화한다.

"종철이 형님 안 계시는데요. 무슨 일입니까?"

"그래? 그럼 종철이가 없으니 대신 나하고 만나서 얘기 좀 해"

"알겠습니다"

그리고 동생들이 나간다.

"그래요? 그런 일이 있어요?"

"그래, 놈들은 사기꾼들이야 여동생이 놈들에게 당한 거지 완전히 구라도박에 당한 거야"

가르쳐 준 대로 놈들이 있는 곳으로 찾아간다.

"너희 이리 나와"

"네?"

"이리 나와 이 새끼들아!! 왜 할 일 없이 사내새끼들이 여자 등을 쳤냐. 이런 개만도 못한 새끼들아!"

"그게 아니고요"

"아니긴 뭐가 아냐!!"

하면서 놈의 턱을 갈기자 그대로 쓰러진다.

"저기요 제가 먹은 돈 300만 원입니다. 이거 다 드릴 테니 제발 용서해 주세요"

"빨리 꺼져 이 새끼들아!!"

놈들은 가면서 중얼거린다.

"신상사 형님이 가만 안 둘 거다 개새끼들"

"뭐야? 너 이리 와봐. 야, 이 새끼야 이빨 빠진 놈 얘기를 해! 이름을 팔 게 없어서 그놈 이름을 팔아?"

하면서 놈들의 허리며 턱을 갈겨 버린다.

놈들은 억울하다는 표정이었지만 아무 소리도 내지를 못한다.

그로부터 며칠 후.

그놈들이 날 보자고 연락이 왔다.

"형님 그때 그 도박하던 놈들 있죠?"

"그래 다 끝난 거 아냐?"

"그놈들이 만나자고 연락이 왔는데요. 또 누굴 데리고 온 모양입니다. 저희가 처리하겠습니다"

"아냐 내가 나가보지"

그런데 나가보니 놈들은 구달홍을 데리고 온 모양이다.

"구달홍? 이런 개새끼 할 짓이 없어서 여자애들 등이나 치고 구라 도박하는 놈들을 봐주는 거냐? 이런 쓰레기만도 못한 새끼들 다 죽여 버리겠다."

"어???"

이때 창조 형이 들어온다.

"종철아 참아라. 이놈들 다신 안 그럴 거니까 네가 참아"

"에이, 개새끼들 꺼져 이 새끼들아!!"

그리고 몇 일 후에 놈들은 나를 폭력으로 고발한다.

어이가 없다.

당시에는 신상사가 나를 노리고 있을 때다.

종로 경찰서에서 서장과 면담하고 벌금형을 받는다.

"형님은 관계없습니다. 우리가 때리고 돈 받았습니다.

동생들은 그렇게 말했다.

해서, 난 그때 벌금으로 5만 원을 낸 것이다.

조회하니 그렇게 5만 원이 나온 것이다.

그리고 난 보호실로 들어간다.

보호실은 쪼그마하고 몹시 허름했다.

그 안에 8~9명이 잡혀 무릎을 꿇고 있었다.

얼굴은 얼마나 베레모한테 맞았는지 퉁퉁 부은 게 보였다.

"오종철 들어가!!"

"야 꿇어!!"

"……"

"안 꿇어? 이런 개새끼!!"

베레모는 날치려는 순간 몸 다친 흉터를 보여줬다.

"젠장, 넌 서 있어"

경찰서 안의 풍경은 무슨 사람 경매 하는 장소 같았다.

약 500~ 600명 정도로 보인다.

이제 성분을 분류할 때다.

성분은 A. B. C. D로 분류를 한다.

"오종철!! "

"네"

경찰서장은 나를 부른 이유가 거물을 잡았구나 하고 생각할 거다.

〈죽었구나. 끝장인가〉하는 생각에 앞으로 나갔다.

"어? 이게 뭐야"

그런데 형사계장은 고개를 갸웃거린다.

〈뭐가 잘못된 건가?〉 난 생각했다.

삐쩍 마른 사람이 나온 것이다.

"옷 벗어봐"

"네?"

"옷 벗어보란 말이야, 못 들었어?"

"아 네"

난 옷을 벗었다.

"옷을 배 위로 올려봐"

이상하다는 듯 갸웃거린다.

"너 말이야 저쪽에 가서 앉아"

그 자리를 보니 D급 자리다.

〈 D급 자리가 어떤 자리지?〉

난 속으로 생각한다.

그렇게 사람들을 일일이 분류했다.

A급으로 가는 사람.

B급으로 가는 사람.

C급으로 가는 사람.

D급으로 가는 사람.

아~~

A급은 군사재판.

B급 C급은 삼청교육대.

그렇게 분류하는 사람이 펜대 하나로 사람을 죽이고 살리는 광경이 눈 앞에 펼쳐진다.

주먹으로 맞짱을 떠서 깨끗이 승복하는 건달 세계하고는 전혀 다른 세계다.

펜 하나로 인생이 뒤바뀐다.

난 D급이 무엇인지 궁금했다.

뒤쪽에 앉아 있는 사람에게 물어본다.

"혹시 당신 직업이 뭐요?"

"나 택시 운전합니다"

"운전?"

그제야 난 D급은 끌려가지 않겠구나 생각한다.

"자자, 이쪽 D 줄은 그대로 일어나서 밖으로 나갑니다. 지금은 통금 시간이라 나갈 수 없으니 내일 아침 9시에 과장님께서 오시면 그때 훈방 조치를 할 것이니 그때 나가시오"

누군가 소리친다.

"네 고맙습니다"

〈뭐가 고맙다는 건지〉

여하튼 난 천운이라고 생각한다.

시간이 흐른 후에 동생들이 날 찾아왔다.

방범대원을 매수해서 포니 승용차를 끌고 나를 모시러 왔다.

"형님"

"야… 쉿…"

"네? 아니 형…니임"

입을 틀어막았다.

"조용히 해"

"네, 일단 여기를 떠나야 합니다. 빨리 타십시오"

"그래"

앞 좌석에 방범대원이 탔으니 프리패스다.

그렇게 새벽공기를 마시며 뻥 뚫린 도로를 달린다.

상황은 5·16 때와 똑같다.

바로 20년 전의 일이 그대로 재현된다.

무슨 영화 같은….

다행히 앞장서서 행진할 뻔한 일만 피한 거다.

신상사는 삼청교육대에 끌려가서 매일 저녁 울었다.

지난날을 돌아보며

지난날의 내 인생

인생의 허무함이란. 그저 덧없이 사는 것인데.

난 내 인생을 그렇게 얘기한다. 난 풍운아였고. 진정한 건달이고 싶었다. 그건 나 자신만이 알고 지금도 그렇게 생각한다.

끝으로 두서없이 과거의 옛일을 되새기며 다시는 이러한 일들이 일어나서는 안 된다는 마음으로 이 책을 쓴다.

그동안 나의 책에 언급된 사람들에게 깊은 마음으로 용서와 화해를 빈다.

사랑하는 사람. 잊을 수 없는 동생들. 나와 함께 했던 모든 그 시절의 인연들에게 깊은 감사의 말씀을 전한다.

2020년 오종철

작가 후기

　처음 이 책을 쓰기로 하면서 서울 강남에서 만나 뵙기로 한 오종철 회장님.

　어딘가 냉혹하면서 눈매가 날카로운 이미지를 건네며 무엇인가 상대방을 꼼짝 못 하게 만드는 느낌이었습니다.

　하지만 인사를 하면서 어딘가 친근한 마음이 들었습니다.

　온화한 마음과 같은 천진한 느낌이라고 할까? 하는 그런 마음이 긴장을 풀어 주었습니다.

　지난 시절의 흘러간 이야기를 할 때의 오종철 회장님은 매우 진지하셨습니다.

　당시의 시대에 태어나 남자로 살아가는 일들이 얼마나 험하고 얼마나 긴장을 했던 시간들일까 하고 생각합니다.

　자주 만나면서 지난 시절의 이야기가 흐르고 당시를 회상하듯 가끔 허공을 쳐다보시곤 했습니다.

　난 오종철 회장님의 회상을 들으며 노트에 적기 시작했습니다.

건달이라는 것이 우리 사회에 미치는 영향이 얼마나 큰 것인지를 많은 사람은 우려할 것입니다.

하지만 이 책을 쓰는 것에 처음 의뢰받고 많은 생각을 했습니다.

오종철 회장님은 이 책을 통하여 진정한 건달의 의미를 되새겨 보자는 뜻이 담겨 있었습니다.

그렇게 이 책을 쓰게 되어 매일 오종철 회장님하고 통화를 하면서 책의 진실을 향해 노를 저었습니다.

그렇게 원고를 쓰면서 항해를 시작하며 이 책의 마지막 항구에 닿을 즈음 어느덧 책은 완성되어갔습니다.

역사는 살아 있으며 그대로 인 것을 아는 것일까.

〈건달〉의 이야기는 그렇게 태어난 것이며 앞으로 이 책을 통해 건달 세계의 진실을 알 수 있을 것입니다.

끝으로 오종철 회장님의 건강과 많은 도움을 주신 분들의 건승과 행복을 바랍니다.

2020년 10월
작가 봉 회 장

건달
대한민국 최고의 주먹
오종철 일대기

초판 인쇄 | 2020년 10월 30일
초판 발행 | 2020년 11월 20일

지 은 이 | 오종철
작 　 가 | 봉회장
발 행 처 | (주)해맞이미디어
　　　　　 서울특별시 관악구 남부순환로 1507
　　　　　 TEL : 02_863-9939, 863-9935
　　　　　 E-mail : haemaji1990@naver.com

등록번호 | 제1999-00004호(1999년 1월 21일)
　　　　　 ISBN : 978-89-90589-84-2

기획총괄이사 | 김광식
디 자 인 실 장 | 김미경
표지스틸 작가 | 윤준섭